Die drei !!!

Sina Flammang

Kims Tagebuch

Illustrationen
von Hanna Wenzel

KOSMOS

IMPRESSUM

Umschlaggestaltung und -illustration: Hanna Wenzel

Unser gesamtes lieferbares Programm und viele weitere Informationen zu unseren Büchern, Spielen, Experimentierkästen, DVDs, Autoren und Aktivitäten findest du unter **kosmos.de**

Weitere Bände dieser Reihe siehe S. 165

FSC
www.fsc.org
MIX
Papier aus verantwortungsvollen Quellen
FSC® C014138

Gedruckt auf chlorfrei gebleichtem Papier

ISBN 978-3-440-16526-3
Redaktion: Franziska Kunze
Layout und Satz: Franziska Misselwitz
Produktion: Verena Schmynec
Druck und Bindung: Finidr, s.r.o., Český Těšín
Printed in Czech Republic / Imprimé en République tchèque

Februar

14. FEBRUAR

00:05

Ich liege im Bett und starre schlaflos an die Decke.
Das heißt: Ich habe schlaflos an die Decke gestarrt.
Jetzt schreibe ich in dieses Tagebuch, dass ich schlaflos an die Decke gestarrt habe. Warum? Seit fünf Minuten ist Valentinstag. Der Tag der Liebe. Schön für alle, die einen Freund haben. Ich habe keinen, als einziges Mädchen auf der Welt. Zumindest fühlt es sich so an. Kein Wunder, dass ich kein Auge zutue …

00:45

Bis eben habe ich meine Schlaflosigkeit noch verflucht, aber jetzt hat sie mich auf eine Idee gebracht: Ich werde wach bleiben, immer müder werden und Punkt 7:00 Uhr früh in einen tiefen Schlaf fallen – wie Dornröschen. Ich werde den ganzen

Valentinstag verschlafen. Mindestens! (Niemand wird mich jemals wach küssen, wie es aussieht, aber darum mache ich mir später Sorgen.) Das Problem ist aber: Sobald man nicht mehr schlafen will, fallen einem natürlich ständig die Augen zu. Bleib wach, Kim, bleib wach! Halte durch! Vielleicht solltest du einfach ein bisschen Sherlock Holmes lesen? Kann ja nicht schaden, sich weiterzubilden: Immerhin habe ich mit den drei !!! einen erfolgreichen Detektivclub gegründet.

01:00

Meine Mutter hat mich beim Lesen erwischt. Sie hat gesagt, ich soll sofort das Licht ausmachen, sonst nimmt sie mir mein Buch weg. Für immer. Meinen geliebten Sherlock-Holmes-Sammelband! Also schreibe ich heimlich unter der Bettdecke weiter bei Taschenlampenlicht. Es geht nicht anders. Ich muss so müde werden, dass mich morgens nichts mehr wach kriegt. Nicht einmal mein Weck…

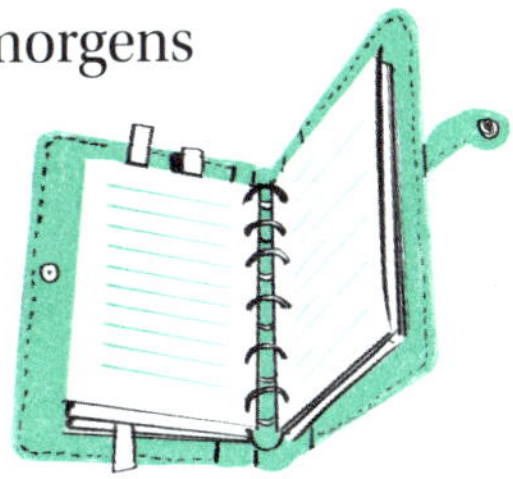

07:30

…er. Okay: Ich bin wach. Ich muss mit dem Gesicht auf dem Tagebuch eingeschlafen sein: Im Badezimmerspiegel habe ich jedenfalls festgestellt, dass ich meinen letzten Eintrag als Abdruck auf der Stirn hatte. Großartig.

Lukas hat gekräht, dass er „meine Gedanken lesen kann“. Ich habe ihn aus dem Bad gekickt. Ich wollte es vor ihm und Ben nicht zugeben, aber: Der Witz war gar nicht mal so schlecht.

20:05

Noch etwa vier Stunden, dann ist dieser Valentinstag endlich vorbei. War er so schlimm, wie ich befürchtet habe? Nein! Er war schlimmer!

Die Pechsträhne hat schon beim Frühstück angefangen: Im Radio lief ein Liebeslied. Meine Frühstücksflocken waren aus, deshalb musste ich die ekligen Schoko-Fußball-Crispies meiner bekloppten Brüder schnorren. Sie haben sie sich natürlich bar ausbezahlen lassen. Jeden einzelnen Crispie. Normalerweise verhandle ich ja nicht mit Erpressern, aber was soll ich sagen: Ich hatte Hunger. Ich hatte eine lange Nacht hinter mir, war verquollen und zerzaust, ein Schatten meiner selbst, aber – leider! – eindeutig bei Bewusstsein. Was schon mal nicht der Plan gewesen war. Von wegen: seliger Dornröschenschlaf.

Außerdem war meine Stirn knallrot. Ich hatte ewig mit dem Waschlappen gerubbelt, um die blaue Tinte wegzukriegen. Mein Vater dachte zuerst, ich hätte Fieber. Ich hielt das für keine so schlechte Idee, in der Hoffnung, den Tag doch noch im Bett verbringen zu können.

Leider war meiner Mutter die rote Stirn „nicht heiß genug". Sie hat mir „Simulation" vorgeworfen. Als ob ich mir mit Absicht die Stirn rot rubbeln würde!

Im Radio kam ein Liebessong nach dem anderen, während ich meine schlabbrigen Schoko-Fußball-Crispies herunterwürgte. Sie schmeckten, wie zu erwarten, nach nichts. Meine Brüder hatten sie „der Form nach" ausgesucht. Alles, was mit Fußball zu tun hat, wird von ihnen gekauft.

Meine Mutter sagte, ich solle mal nicht so ein trübseliges Gesicht ziehen, und hielt mir eine Predigt darüber, dass Valentinstag doch sowieso eine „Erfindung der Grußkarten- und Geschenkeindustrie" sei. Auf Geschenke komme es nicht an.

Mein Vater sagte, er sei wirklich froh, dass meine Mutter das so sehe. Das fand meine Mutter dann gar nicht mal so lustig.
„Warum?", fragte sie.
Plötzlich wurde es totenstill in der Küche.
„Peter? Warum?"
Die Kuckucksuhr über der Anrichte tickte laut. Papa schluckte schwer. „Weil du sonst enttäuscht gewesen wärst, dass ich nichts für dich habe", sagte er.
Ich schloss die Augen: ganz – großer – Fehler. Meine Mutter musterte ihn kalt. Plötzlich war es, als würden klirrende Eiszapfen von der Decke wachsen. Mein Vater räusperte sich. Er knisterte mit der Zeitung. Er merkte, dass er etwas falsch gemacht hatte.
Meine Mutter zog ihm ruckartig den Teller mit dem halben Vollkornbrötchen weg.
„Bin ICH froh, dass du schon satt bist, Peter. Sonst wärst du noch ENTTÄUSCHT gewesen, dass es kein Brötchen mehr gibt!" Sie zischte aus der Küche.
Und ich dachte, auf Geschenke käme es nicht an.
Mein Vater blinzelte. „Hab ich irgendetwas falsch gemacht?"
Lukas und Ben schüttelten altklug die Köpfe.
„Papa, kleiner Tipp. Du gehst jetzt am besten zu Kranichsteiner und kaufst eine große Packung Pralinen für Mama."
Papa nickte langsam.
„Okay. Danke, Jungs. Danke für den Tipp."
„Was ist er dir wert, Paps?" Ben und Lukas hielten ihre Hände auf. Mein Vater starrte sie an.
„Was habe ich da nur großgezogen?", seufzte er.
Ich schlug ihm mitleidig auf die Schulter.
„Ich weiß, Papa. Kein Tipp ist umsonst …"

Danach brachte meine Mutter mich zur Schule.
„Du hast heute Morgen SO fertig ausgesehen, Kim. Nicht, dass du unterwegs noch zusammenklappst!"
„Danke. Wird nicht passieren", murmelte ich noch. Dann fiel mein Blick auf das mit Rosen geschmückte Schultor und ich dachte: MOMENT. ICH NEHME ALLES ZURÜCK!

Zwei grinsende Engel hatten sich dort mit Blumenkörben voller Gerberas postiert, als wäre es der Eingang zum Himmel. Dabei war es genau das Gegenteil: ein Höllenschlund. Die Engel (Ayumi und Kristina) bezeichneten sich selbst als „Botinnen des Amor".
Amor, muss man wissen, ist der römische Gott der Liebe und wird gerne als geflügeltes Baby mit Pfeil und Bogen dargestellt.
„Entschuldigung: Wer außer mir hält es AUCH für eine schlechte Idee, einem BABY Pfeil und Bogen in die Hand zu drücken?", fragte ich Ayumi und Kristina, aber die beiden hörten mir gar nicht zu.
Stattdessen wollten sie mir ihre „Rosen" andrehen.
Erstens: In den Körben waren GERBERAS. Keine Rosen.
Zweitens: Für wen, bitte?
Ayumi (seit zwei Monaten mit Louis zusammen) weiß genau, dass ich keinen Freund habe. Das habe ich ihr auch gesagt, aber sie hat nicht aufgehört, mich mit ihrem Blumenkorb zu belästigen.
„Tu dir doch einfach selbst mal was Gutes!"
Hallo? Wenn ich mir selbst was Gutes tun will, kaufe ich mir einen Schokoriegel oder ein Eis.

Drei Euro ärmer und drei Gerberas reicher trottete ich wenig später durch den Gang zu meinem Klassenzimmer. Ich hatte eine letzte Hoffnung: Franzi, mit der ich dieses Jahr zusammen Erdkundeunterricht habe (an unserer Schule herrscht akuter Lehrermangel). Franzi, die keinen Sinn für Schmalz und Kitsch hat. Franzi, die niemals auf die Idee käme, Rosen, VERZEIHUNG: Gerberas zu verschenken. Franzi, die bei Liebesfilmen lacht, wenn Marie und ich weinen. Franzi, die neben der Tür zum Klassenzimmer stand, als ich auf sie zukam, mit einem Jungen, den sie … küsste?! Ich blieb stocksteif stehen! Als ich ihren Namen rief, drehte sie sich um, ihre Augen waren – ungelogen – zu zwei großen Herzchen mutiert. Diagnose Dr. Kim Jülich: Auch Franziska Winkler, genannt Franzi, ist unheilbar am Liebesvirus erkrankt. Wie auch die ganzen anderen Zombies, die in den Fluren der Schule Blumen und Küsse austauschten.

Ich zog Franzi am Arm ins Klassenzimmer und verlangte zu wissen, wer der Junge war. Es handelte sich um Leo, 13 Jahre alt, 1,67 m groß, sportlich, blonde Haare, Sommersprossen, Skateboard unterm Arm und Baggyhose in den Kniekehlen, kurzum: genau Franzis Typ. Wenn sie sich mal verliebte, was einmal im Jahrtausend vorkam. Warum ausgerechnet jetzt, da ich, Kim Jülich, dringend eine Freundin brauchte, die nicht verliebt war?
Warum ließ sie mich so schändlich im Stich?
„Wo … ich meine, wie … ich meine, WANN ist das passiert?", rief ich.

Franzi starrte mich einfach nur aus ihren Herzchenaugen an. Sie war völlig neben sich. Es war ein Wunder, dass sie mich noch erkannte!

„Schön, dass du dich für uns freust, Kim", sagte sie, die Situation vollkommen falsch interpretierend. Bevor ich sie korrigieren konnte, hatte ich auch schon eine Gerbera unter der Nase.

„Noch eine Rose?" Ayumi grinste mich an.

Stimmt: Die war ja auch mit mir in Erdkunde!

„Nein danke!", knurrte ich. „Wo war ich, Franzi? Ach ja: bei dem Jungen, den du plötzlich angeschleppt hast. Wie heißt er noch gleich?"

„Leo", sagte Leo grinsend. Er war plötzlich neben mir aufgetaucht. Ich hasse es, wenn Leute sich anschleichen.

Leo schnappte Ayumi die „Rose" weg und reichte sie Franzi. „Hier, eine Rose für dich!"

„Das ist keine Rose", knurrte ich.

Franzi drückte die „Rose" an sich, als fürchte sie, ich würde sie ihr gleich wieder entreißen.

„Keine Panik!" Ich hob die Hände und erklärte allen, die es (nicht) hören wollten, dass Valentinstag der reinste Blödsinn sei, alles oberflächlicher Kommerz und überhaupt: eine Erfindung der Grußkartenindustrie und absolut nicht originell.

Franzis Augen verdüsterten sich.

Es klingelte, der Unterricht begann. Während Herr Nörres, unser Erdkundelehrer, den Film über Vulkane zurückspulte, den er uns zeigen wollte, kroch Reue an mir hoch. Wie ein Tier hing sie an meinem Bein. „Oh Kim, was ist nur aus dir geworden?", flüsterte sie. Die Reue hatte recht: Ich hatte mich angehört wie meine MUTTER! Ich musste mich bei Franzi entschuldigen, keine Frage. Ich riss ein Stück Papier aus meinem Block:

KIM: Franziii? 💚💚💚
FRANZI: Jaaa?
KIM: Verzeihst du mir? Ich war ein bisschen unsensibel vorhin. Um genau zu sein: extrem unsensibel!
FRANZI: Schon gut, Kim. Ich verzeihe dir.
KIM: Nichts ist gut, Franzi,
du bist viel zu nett zu mir! Ich habe deine Liebe mit Füßen getreten! Ich bin wie ein Mähdrescher darübergefahren. Aus purem Neid! Ich bin es nicht wert, deine Freundin zu sein!
FRANZI: He, Drama-Kim! Du wirst immer meine Freundin sein, egal was passiert!
KIM: Danke. Dann muss ich wenigstens nicht einsam sterben, wenn ich keinen Freund finde …
FRANZI: Was ~~redest~~ schreibst du da für einen Quatsch?!
KIM: Herr Nörres und ich sind die einzigen Menschen an der Schule, die keine Beziehung haben!
FRANZI: Herr Nörres ist ja auch eine Schlaftablette.
KIM: Wer weiß? Vielleicht bin ich ja auch eine!
FRANZI: Glaubst du nicht, Marie und ich hätten das gemerkt?
KIM: Ich will nicht werden wie Herr Nörres!

Herr Nörres ist der unromantischste Mensch, der je vor einem Whiteboard eine Gerbera in der Hand gehalten hat. Kein Wunder, dass er immer husten muss, wenn er Worte wie „Ballsaal“ oder „Tanzpartner“ ausspricht. Moment: Ballsaal und Tanzpartner? Das war der Punkt, an dem ich mich wieder auf den Unterricht konzentrierte. Zu meiner Überraschung ging es nämlich nicht um Vulkane, sondern um … einen Schulball! An unserer Schule! Herr Nörres sah aus, als wäre ihm ein bisschen schlecht geworden bei dem Gedanken daran.

„Seit 25 Jahren gab es an dieser Schule keinen, öhö, Ball mehr. Zu Recht!“ Er korrigierte sich schnell: „Ich meine … ich wollte sagen: Warum nicht jetzt? Jetzt oder nie!“ Er klappte das Whiteboard auf und enthüllte eine Aufschrift: SCHULBALL IM SOMMER, stand dort in einer schnörkeligen Handschrift, die ich sofort als die von Olivia, unserer Klassenbesten, identifizierte.

Olivia selbst schien das als Stichwort zu nehmen. Sie räusperte sich und stand halb von ihrem Stuhl auf.

„Ach ja, richtig! Ich übergebe das Zepter an Olivia, die mit den Details des, öhö, Balls vertraut ist!“ Herr Nörres wischte sich mit dem weißen Stofftaschentuch, das er immer in seiner Hosentasche trägt, über die Stirn und ließ sich auf den Stuhl hinter dem Lehrerpult sinken, während Olivia wie eine Königin nach vorn schritt. Franzi tat so, als würde sie ihr ein Bein stellen, aber nur zum Spaß. War ja klar, dass Olivia schon wieder in alles eingeweiht war! Sie ist nicht nur unsere Klassensprecherin, sondern auch Vertrauensschülerin, Präsidentin der Tanz-AG, Vorsitzende des Komitees für Schulfeste – und einfach nur unerträglich. Leider sieht sie auch noch gut aus. Mit dem Ball stellte sie uns einfach vor vollendete

Tatsachen: Frau Schuster-Rübli, unsere Direktorin, hätte die Idee mit dem Ball gehabt. Frau Schuster-Rübli hieß früher einfach nur Frau Schuster. Aber letzten Monat hat sie einen Schweizer Konditor geheiratet, daher der neue Doppelname. Verliebt in einen Konditor! Der einem jeden Tag Törtchen backt. Und Muffins. Und Cupcakes. Jackpot? Sogar meine Direktorin hat ein glücklicheres Liebesleben als ich!

Jetzt sitze ich mit diesem Buch und einer Tüte Schokolinsen im Bett und höre ein Krimihörspiel auf meinem Laptop, von einem Radiosender, der eigener Aussage nach „den Valentinstag boykottiert", d. h.: nicht feiert! In dem Krimi geht es um ein Beziehungsdrama: Er hat sie aus Eifersucht umgebracht – oder so. Auch mal eine Abwechslung!

15. FEBRUAR

13:20

Direktorin Schuster-Rübli summt im Bio-Unterricht ständig verliebt vor sich hin und hat sogar rote Rosen auf dem Schulhof gepflanzt. In dieses vertrocknete Beet, in dem sonst immer nur leere Plastikflaschen herumlagen. Wenn man verliebt ist, hat man eben genug Energie, um die Welt zu verändern! (Oder sich Sachen einfallen zu lassen, mit denen man seine Schüler nerven kann, wie z. B. Schulbälle.)

14:05

+++ Wichtige Eilmeldung! Extrablatt! Kim J. (13) ist offiziell nicht mehr das einzige Single-Mädchen der Schule! Ayumi M. (13) hat Gerüchten zufolge mit ihrem Freund Louis P. (13) Schluss gemacht! Per SMS! (Angeblich hat er vergessen, ihr eine Gerbera zu kaufen. Dafür hat er Jenny S. (12) eine geschenkt. Ups.) +++

17:30

Ich habe vorhin kurz mit Marie telefoniert: Ihr Valentinstag war (wie zu erwarten) reich an Ausbeute. Ungefähr jeder Junge an

Maries Schule ist in sie verknallt. Sie hat jetzt 25 Rosen in ihrem Zimmer stehen. „Rosen oder Gerberas?", fragte ich.
Marie fragte, warum ich das wissen wollte, und ich sagte: „Nicht so wichtig."
Abgesehen davon war Marie eine erfreuliche Abwechslung: Sie macht nämlich gerade „Jungspause" und „genießt ihr ungebundenes Singleleben". Was auch immer das heißen soll. Wir sind für Sonntag im Café Lomo verabredet. Brunchen. Ich hoffe, ich komme lebend dort an und werde nicht bei meiner ersten Tanzstunde von einer Horde Liebeszombies zertrampelt!

16. FEBRUAR

12:15

Mittagspause in der Schulkantine. Es gibt Fischstäbchen mit Kartoffelbrei und ich esse, während ich schreibe. Warum? Weil ich gleich wieder in die vermaledeite Turnhalle muss. Olivia hat dafür gesorgt, dass unsere Mittagspause zugunsten des Tanzkurses verkürzt wurde. Besten Dank dafür!
Den Schokomuffin zum Dessert kann ich mir vermutlich abschminken. Oder ich nehme ihn to go mit.

14:30

Verstecke ich mich in der Mädchenumkleide? Ja! Gibt es einen Grund dafür? Ebenfalls ja! Ich wurde soeben in der

Turnhalle der Georg-Lichtenberg-Gesamtschule öffentlich gedemütigt und sehe mich außerstande, sie jemals wieder zu betreten. Ich werde hier drinbleiben, bis ich MOOS ansetze!

18:45

Mein Plan, in der Mädchenumkleide Moos anzusetzen, wurde vereitelt. Olivia hat mich zurück in die Turnhalle geholt, im Auftrag von Herrn Nörres. Der Schulball und alle mit ihm verbundenen Aktivitäten sind ja schließlich Pflicht! Aber von vorne: Der Grund, warum ich mich heute in der Umkleide versteckt habe, heißt Kalle, hat dunkelbraune Haare und ist einfach nur … UNVERSCHÄMT!

Aber noch weiter von vorne: Ich bin mit Franzi und allen anderen Leuten meiner Jahrgangsstufe zum Tanzunterricht angetreten. Zuerst war alles ganz harmlos. Wir haben uns „aufgewärmt", indem wir zu Musik herumgehampelt haben, die Olivia mitgebracht hat. Dann wurden wir in zwei langen Reihen aufgestellt, Mädchen und Jungs einander gegenüber. Eine furchtbare Ahnung stieg in mir auf. Ich erkannte mit einem kurzen, analytischen Blick, dass fast alle anwesenden Jungs bereits vergeben oder völlig inakzeptabel waren. Schleimi-Robin zum Beispiel hat zwei unangenehme Eigenschaften. Erstens: zu viel Gel im Haar. Zweitens: eine Vorliebe für MICH. Ja, er ist in mich verknallt, und das seit der Grundschule. Vermutlich träumte er davon, mein Tanzpartner zu werden. Nicht mit mir! Sorry, Robin, aber es wird Zeit aufzuwachen!

„Herr Nörres? Was ist, wenn man keinen Partner für den Ball findet?", fragte ich harmlos.

Herr Nörres sah mich ausdruckslos an.

„Für die hoffnungslosen Fälle", sagte er und deutete auf mich, „und all jene, die sich nicht einigen können, haben wir …

die LOSTROMMEL!"
Die Lostrommel? Das hörte sich grauenhaft an! Olivia und Kristina schoben eine gigantische Lostrommel in die Turnhalle, in der viele kleine Zettel lagen. Alle, die noch keinen Partner hatten, stöhnten leise auf. Unser Schicksal war besiegelt.

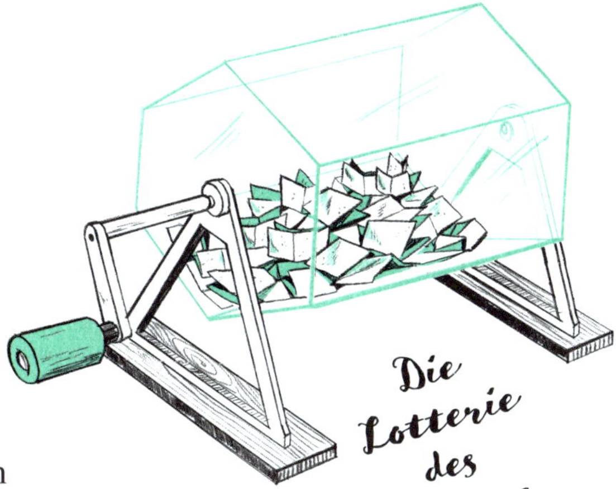

„Bevor es losgeht", rief in diesem Moment eine gut gelaunte Stimme quer durch die Halle, „möchte ich euch noch euren neuen Mitschüler vorstellen!" Alle drehten sich um. Direktorin Schuster-Rübli, die immer ein bisschen aussieht wie ein Pinguin mit sehr vielen Haaren auf dem Kopf, kam auf uns zu gewatschelt, im Schlepptau einen … neuen Jungen! Alle Mädchen reckten die Köpfe.
„Das ist Kalle. Seid nett zu ihm. Er freut sich schon total auf den Ball. Nicht wahr, Kalle?"
Der Junge verzog das Gesicht zu einer Grimasse. Sah so Freude aus? Eher nicht!
„Kalle, warum gibst du der Lostrommel nicht einen Schubs, damit das Ganze hier mal starten kann, hm?" Frau Schuster-Rübli schob Kalle nach vorn.
Ich musterte ihn interessiert. Er war neu, er hatte kein Gel im Haar, er sah … okay, ich gebe es zu: Er sah AKZEPTABEL aus! Das heißt: bis er den Mund aufmachte, um mir zu sagen, dass ich aus dem Weg gehen solle.
„Muss an die Trommel."
Rüpelhaft und unfähig, in ganzen Sätzen zu reden. Toll. Ich wusste schon, mit wem ich NICHT zusammengelost werden wollte!

Franzi stieß mich an und flüsterte: „Sieht nicht schlecht aus, oder?“

„Bitte?“ Ich verdrehte die Augen. „Der Typ ist ein Gorilla. Keine Manieren. Und hast du seine Turnschuhe gesehen? Total ausgelatscht!“

„Warum starrst du ihn dann so an?“

„TU ich gar nicht!“

„Ach, wirklich nicht?“

Ich drehte mich beleidigt weg – und fiel fast in Ohnmacht, als Olivia die Namen des ersten Pärchens an eine große Tafel schrieb: Kalle und Kim!

„Da muss ein Fehler vorliegen!“, rief ich, ohne nachzudenken. Dann wurde ich rot.

Alle kicherten.

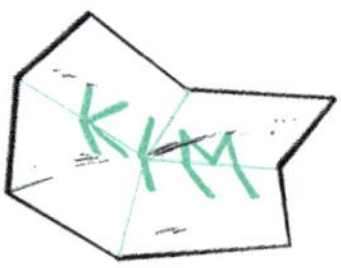

Ich wagte die Flucht nach vorn, indem ich mich Herrn Nörres zu erklären versuchte.

„Ich bin übrigens eine sehr gute Solo-Tänzerin“, sagte ich leise.

Aber Herr Nörres kannte keine Gnade. Er teilte mir auf seine ihm eigene, staubtrockene Art mit, dass ich Ende des Schuljahres beim Ball teilnehmen müsse, mit einem Partner, sonst gäbe es eine halbe Note Abzug. In Erdkunde!

„In Erdkunde? In welcher Welt ist DAS gerecht? Außerdem dachte ich, wir sollen hier Spaß haben!“

„Sollt ihr ja auch. Aber nach unseren Regeln“, sagte Herr Nörres seelenruhig.

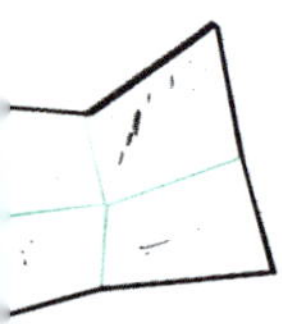

Ich gab auf. Mit Lehrern diskutieren bringt sowieso NIE irgendwas. Ich muss es ja wissen, meine Mutter ist immerhin eine von ihnen. Jedenfalls, ab da ging alles bergab: Kalle ist der schlimmste Tanzpartner, den man sich vorstellen kann! Er ist mir ständig auf

die Füße gelatscht, und bei einem Lied hat er komplett gestreikt und gemeint, er tanze nicht zu „schlechter Musik". Natürlich hat Robin diese Gelegenheit sofort genutzt und hielt es für eine tolle Idee, einen spontanen Dance-Battle mit mir anzufangen! Mit mir! Er hampelte um mich herum wie ein Idiot, während die anderen uns mit Applaus anfeuerten. Alle außer Franzi, versteht sich, die mich mitleidig ansah. Diese Demütigung!
(Das war der Moment, in dem ich in der Umkleide verschwand mit dem Plan, NIE wieder herauszukommen. Wer kann es mir verdenken?)

17. FEBRUAR
10:05

Na toll: Junge kritzelt Mädchenklo voll!

Ich schreibe das hier im Erdkundeunterricht. Ich kann nicht bis heute Abend warten, ich muss einfach loswerden, was gerade passiert ist. Kalle, der unverschämte Kerl, hat tatsächlich meine Klopause vereitelt! Ich musste sehr dringend und hatte sowieso nur fünf Minuten Zeit (Herr Nörres ist sehr streng bei Klopausen), und dann war Kalle plötzlich da: auf dem Mädchenklo! Das geht GAR nicht!
Er saß da einfach in einer Kabine, die Schmuddel-Turnschuhe auf den Sitz gezogen und sah aus, als hätte er alle Zeit der Welt. Er hat sogar mit schwarzem Filzstift Figuren auf die Fliesen gekritzelt. Geht's noch?
„Was machst du da?", fuhr ich ihn an.
Er reagierte nicht.
„He!"
Endlich hob er den Kopf und sah mich gelangweilt an. „Meinst du mich?"

„Nein, die tausend anderen Leute, die hier noch sind. Natürlich meine ich dich! Was machst du da?“
„Ich sitze hier.“
Ich starrte ihn nur an. Dann sagte ich fassungslos: „Auf dem Mädchenklo!?“
„Klar. Mir war heute nicht nach Kunst. Frau Neumann soll mich nicht finden: Also bin ich hier. Keiner sucht 'nen Jungen auf dem Mädchenklo, oder?“
Ich musste zugeben, das war eine relativ einleuchtende Vorgehensweise. Das Problem war nur: Ich musste jetzt wirklich dringend aufs Klo! Aber sicher nicht, solange er dort war …
„Könntest du vielleicht mal kurz … rausgehen?“, fragte ich.
Er sah mich an, als sei ich völlig bekloppt.
„Ich hab's dir doch gerade erklärt! Ich verstecke mich hier! Also: nein!“
„Aber … das ist das Mädchenklo!“
Er zuckte nur mit den Schultern und kritzelte weiter mit seinem Filzstift auf den Fliesen herum: einen fliegenden Hund mit Sonnenbrille. Nicht schlecht.
„Du bist doch offensichtlich gut in Kunst, warum versteckst du dich überhaupt?“, fragte ich und verschränkte die Arme.
Kalle grinste mich an. ~~Er konnte wirklich nett aussehen, wenn er wollte.~~
„Findest du? Wenn du willst, widme ich dir das Bild. Wie war noch gleich dein Name?“
Klar, dass er den nicht mehr wusste.
„Kim, oder?“

Oh. Ich hätte nicht gedacht, dass er sich meinen Namen gemerkt hatte. Ich nickte überrascht – aber dann schüttelte ich heftig den Kopf: Moment mal! Wollte der Kerl wirklich meinen Namen neben sein Bild schreiben? Da konnte ich mich ja gleich selbst im Direktorat einliefern und zum Nachsitzen verdonnern!

„Hey! Untersteh dich!"

„War ein Witz. Kim."

Er kennt meinen Namen, er kennt wirklich meinen Namen. Dieser Umstand verwirrte mich in dem Moment so sehr, dass ich Mühe hatte, mich zu fokussieren. Ich holte tief Luft.

„Kalle? Raus hier! Das ist das Mädchenklo!"

Er hob entschuldigend die Schultern. „Geht leider nicht, aus bekannten Gründen. Aber tu dir keinen Zwang an." Er grinste. Ich wurde knallrot! Ich habe mich umgedreht und bin abgezischt, auf das andere Klo im zweiten Stock. Natürlich habe ich für den Weg ewig gebraucht und Herr Nörres hat mir zur Strafe eine Extraaufgabe aufgebrummt. Vielen Dank, Kalle!

21:14

Die Welt ist ungerecht! Heute Nachmittag war wieder Tanzunterricht. Kalle hat mich die ganze Zeit aufgezogen und mich seine „Muse" genannt. Es hat eine Weile gebraucht, bis ich verstanden habe, dass er mich offensichtlich doch auf dem MÄDCHENKLO verewigt hat!!! Bin sofort hingerannt und habe versucht, die Misere zu überkritzeln. Wurde vom Hausmeister erwischt. Muss zur Strafe zusätzliche Aufgaben für den Schulball übernehmen und dem Deko-Team beitreten, um „zu lernen, dass man seine kreative Ader auch für das Gemeinwohl einsetzen kann". Danke, KALLE!!!

18. FEBRUAR
15:06

Die Welt ist nicht nur ungerecht, sie hat auch einen ziemlich miesen Sinn für Humor: Kalle wurde jedenfalls AUCH beim Kritzeln erwischt und musste dem Deko-Team beitreten. Jetzt zeigt er mir die kalte Schulter, weil er denkt, ICH hätte ihn verpfiffen.

Kalle wurde mir wirklich aus der Hölle geschickt: Ich wurde vorher noch nie bestraft! Schon gar nicht für ... Vandalismus! Ich bin immerhin Detektivin und stehe normalerweise auf der anderen Seite des Gesetzes.

19. FEBRUAR
19:05

Akuter Anfall von mieser Laune. Kein Eintrag möglich.

20. FEBRUAR
20:17

Miese Laune könnte allergische Reaktion auf gewissen Tanzpartner sein. Weitere Symptome sind Kopfweh, Bauchweh, Übelkeit. Musste Treffen mit Marie absagen!!!

21. FEBRUAR
13:00

Mama hat mich zum Arzt geschleppt. Anscheinend habe ich „NICHTS". Wenn der wüsste!

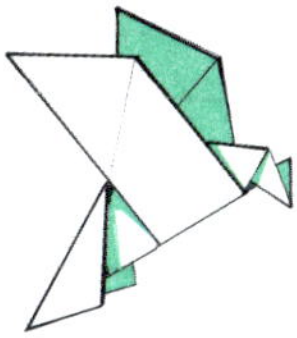

22. FEBRUAR

18:00

Habe nur Zeit für einen kurzen Eintrag: Frau Schuster-Rübli hat unserer Klasse heute einen Monsterhaufen Hausaufgaben mitgegeben. Zwanzig Seiten über Balzkleider bei männlichen Vogelarten. Manchen Vogelmännchen wächst im Frühling ein buntes Federkleid, mit dem sie versuchen, die Weibchen zu beeindrucken. Total oberflächlich gedacht. Typisch Jungs!

23. FEBRUAR

11:18

Schleimi-Robin hat offenbar seine Bio-Hausaufgaben gemacht. Jedenfalls hat er heute eine rote Hose an. Klarer Fall von Balzkleid. Alles andere als beeindruckend, aber nicht zu übersehen. Leider!

24. FEBRUAR

14:00

Merkwürdiger Vorfall auf dem Lehrerparkplatz: Irgendwer hatte wohl keine Lust auf seine Hausaufgaben und hat stattdessen Frau Schuster-Rüblis roten Kleinwagen komplett mit Rosenblättern überschüttet! Es war fast nicht mehr zu sehen! Woher der Täter die ganzen Blätter hatte? Keine Ahnung! Aber viele davon waren aus Plastik (müssen also in einem Deko-Shop gekauft worden sein) und der Rest stammt leider aus Frau Schuster-Rüblis Rosenbeet:
Alle Rosen wurden geköpft! Frau Schuster-Rübli war so unglücklich, dass ihr die Tränen kamen. Sie liebt ihre Rosen. Herr Nörres, der auch dabeistand, hat ihr sein knittriges Stofftaschentuch geliehen, und sie hat es genommen. Auch das ein Zeichen dafür, wie aufgelöst sie gewesen sein muss …

Ich habe später den Tatort untersucht. Unter einen Scheibenwischer war ein rotes Origamiherz geklemmt. Wer auch immer das Frau Schuster-Rübli angetan hat, er hat anscheinend eine kreative Ader.

25. FEBRUAR

16:35

Heute hat die erste Sitzung des Deko-Teams stattgefunden. Abgesehen von Olivia, die das Team mal wieder leitet, und Louis, der seine Ex-Freundin Ayumi zurückgewinnen will, ist keiner freiwillig dort. Es ist die reinste Strafkolonie! Ayumi und Kristina haben zu viel im Unterricht gequatscht, Kalle hat „randaliert“ – und ich bin unschuldig. Das habe ich Kristina auf ihre Frage hin auch gesagt, aber sie hat nur finster gelacht und mich angestoßen.

Interessanterweise wusste Kalle auf Olivias Frage hin sofort, wo man Rosenblätter aus Plastik für die Tischdeko im Ballsaal kaufen kann. Ich meine: Wer kennt schon die Adressen sämtlicher Deko-Shops in der Stadt? Sehr verdächtig!

Wir haben uns übrigens noch nicht auf ein Motto für den Ball einigen können. Ich bin für Elfenwald, Ayumi für Vampire, Louis auch für Vampire (um sich wieder bei Ayumi einzuschleimen) und Olivia für Winterzauber. Im SOMMER!

Weil sie natürlich nicht nur hübsch und sportlich ist, sondern auch professionelle Eiskunstläuferin. Außer mir scheint es aber keinen zu nerven, dass sie den Schulball zu ihrem persönlichen Eisstadion machen will: Im Gegenteil, alle liegen ihr zu Füßen. Wenn sie spricht, hebt sogar Kalle mal kurz den Kopf von seinem Handy. Keine Ahnung, warum gerade DAS mich so nervt. Ach, Kalle ist einfach so ein Idiot! Sein einziger Beitrag heute war, dass man die Turnhalle zu einer „Go-Kart-Bahn“ umbauen könnte. Ja klar.

28. FEBRUAR
11:00

+++ Wichtige Eilmeldung: Zwischen zwei Mitgliedern des sogenannten Deko-Teams kam es heute auf dem Pausenhof der Georg-Lichtenberg-Gesamtschule zu einer heftigen Auseinandersetzung. Ein gewisser Kalle F. (14), zu identifizieren an seinen schmuddeligen Turnschuhen, forderte einen Totenkopf als „romantisches Plakatmotiv“ für den Schulball. Über seine haltlose Begründung: „Romeo und Julia SIND romantisch und am Ende tot!“ konnte Kim J. (13) nur lachen.

Die scharfsinnige Schülerin plädierte für ein echtes romantisches Motiv, sie wisse nur noch nicht genau, welches. Provoziert von Kalle F., der ihre Kreativität infrage stellte, kam es zu Handgreiflichkeiten, im Zuge derer eine leere Schokomilch-Tüte als Wurfgeschoss zum Einsatz kam und Kalle F. an der Stirn traf.
„Geschlichtet“ wurde der Streit schließlich von der unvermeidlichen Vertrauensschülerin Olivia K. (13), die allen ihren Willen aufzwang, indem sie das offizielle Motto des Schulballs verkündete: „Winterzauber“. +++

17:50

Ich komme gerade aus dem Lomo zurück, wo ich Marie mein Leid geklagt habe. Marie ist wirklich die Beste, wenn man Trost braucht! Zuerst hat sie mir einen riesengroßen Becher Kakao Spezial mit extra Sahne und bunten Streuseln bestellt, und dann hat sie mich stundenlang einfach nur REDEN lassen.
„Wir haben Walzer geübt und er hat nicht einmal versucht, sich die Schritte zu merken. Außerdem sind ständig seine Schnürsenkel offen! Diese abgelatschten Turnschuhe, hat der keine anderen?! Er führt sich manchmal auf wie ein Kleinkind! Es ist alles so bescheuert! Ich halte das nicht aus!“, schloss ich meinen Bericht und ließ meinen Kopf auf die Tischplatte fallen.
Marie seufzte nachdenklich.
„Ich fasse mal eben zusammen. Dein Problem hat fünf Buchstaben: K. A. L. L. E.“

Kakao ist gut für die Seele

Ich grunzte nur.
Marie sagte, ich solle mal den Kopf nicht so hängen lassen. Sie habe nämlich ein „Schlupfloch“ in Herrn Nörres’ Auflagen gefunden. Ehrlich gesagt wundere es sie, dass ICH es „nicht schon selbst gemerkt“ hätte!
Ich hob den Kopf. Ich wollte natürlich unbedingt wissen, was Marie meinte.
„Na ja“, sagte sie, „Herr Nörres hat ja nur gesagt, dass du mit JEMANDEM zum Ball musst. Nicht unbedingt mit dem Typen, der dir zugelost wurde, oder? Also müssen wir nur einen passenden Partner finden!“
Ich sackte enttäuscht in mich zusammen. DAS war ihre Lösung? Na toll!
„Marie! Ich hab das Problem doch nur, weil ich keinen Freund habe! Ich wurde ja nicht umsonst …“, ich sah mich verlegen um und senkte meine Stimme, „… verlost!“
„Ich weiß, Kim. Aber damals gab es ja auch den ‚Match-Maker‘ noch nicht!“ Marie grinste mich an.
„Den was?!“ Ich starrte misstrauisch zurück. „Wer ist denn bitte der Match-Maker?“
„Der Match-Maker sitzt vor dir!“ Marie deutete auf sich. „ICH werde dir das perfekte Date besorgen. Oder mehrere Dates, bis wir deinen Tanzpartner gefunden haben. Wenn nötig, importieren wir von einer anderen Schule oder aus dem Jugendzentrum. Du musst dich einfach nur zurücklehnen und mich machen lassen!“ Ich war nicht überzeugt.
Ich bin auch JETZT, da ich diese Zeilen schreibe, noch nicht überzeugt. Aber Marie lässt einfach nicht locker:

18:01

erreichbar
MARIE G.
KIM? KOMM SCHON, VERTRAU MIR!
MHM. DU KLINGST WIE DIE SCHLANGE AUS „DSCHUNGELBUCH“.
HEY! DAS IST EIN FREUNDSCHAFTSDIENST VON MIR AN DICH!
KIM?
KIM?
NA GUT. OKAY. ICH HABE JA NICHTS ZU VERLIEREN …!
SUPER! IM GEGENZUG HABE ICH EINE BITTE AN DICH?
IM GEGENZUG? ICH DACHTE, DAS IST EIN FREUNDSCHAFTSDIENST!
MITTWOCH TREFFEN IM LOMO? DANN ERZÄHLE ICH DIR ALLES.
+
…

März

02. MÄRZ
18:30

Oh, Marie. Marie, Marie, Marie. Du warst meine letzte Hoffnung. Aber nun hast auch du dich in die Schar der „Liebeszombies“ eingereiht. Deine Herzchenaugen heute im Lomo waren ein klares Anzeichen dafür: Du bist verknallt. Nur in WEN, das wolltest du mir nicht sagen. Alte Geheimniskrämerin! Du hast mir vorgeschwärmt, dass er an deine Schule geht, wahnsinnig gut aussieht und ein bisschen älter ist als du. Ich wollte wissen, wie viel älter. Du hast gesagt, das sei nicht so wichtig. Ich wurde sofort misstrauisch: Immerhin warst du auch schon in Stefan verschossen, Franzis großen Bruder. Einen STUDENTEN. Ich habe nachgebohrt, aber du hast abgelenkt und mir einen Deal unterbreitet: Wenn du mir hilfst, einen Tanzpartner zu finden, der meiner würdig ist, werde ich dir helfen, deine neue große Liebe zu erobern. Ich habe dich gefragt, ob du das nicht lieber alleine machen willst. Immerhin bist du bei den drei !!! die absolute Flirtexpertin.

Dann ist etwas passiert, was ich noch nie erlebt habe: Du bist rot geworden! Du warst verlegen! Du hast gesagt, in diesem Fall sei es „etwas anderes“ und dass du meine Hilfe bräuchtest, um deinem „Mr Unbekannt“ anonyme Liebesbriefe zu schreiben. Deine Augen haben geleuchtet wie Laternen. Muss Liebe schön sein, Marie! Ich dachte ja, dass du dein Single-Dasein genießt?! ÄHEM?!

Das habe ich dir auch gesagt, und du hast geantwortet: „Ach, Single kann man doch immer sein!“

Ich wollte wissen, warum ich die Briefe schreiben soll. Warum du das nicht selbst machen willst.

„Ich will nicht, dass er weiß, dass ich es bin. Ich will erst, dass er mich besser kennenlernt, weißt du?“, hast du gesagt.

Marie, ich muss mich schon sehr über dich wundern. Du bist doch sonst nicht so schüchtern und traust dich IMMER, Jungs anzusprechen, die dir gefallen!

„Aber bei ihm ist es anders. Du bist doch Schriftstellerin, Kim! Bitte?“

Ich zögerte noch einen Moment – immerhin schreibe ich vorzugsweise Kriminalromane – aber dann willigte ich ein.

„Dafür hilfst DU mir aber, einen Partner für den Ball zu finden, der mehr als zwei Worte am Tag spricht und ab und zu mal sein T-Shirt wechselt. Okay?“

„Okay!“

Du hast so verliebt ausgesehen, Marie. Ich musste dir deinen Verrat einfach verzeihen. Wem ich nicht verzeihe: Franzi! Franzi ist nämlich so verliebt in Leo, dass sie anscheinend alles andere um sich herum VERGESSEN hat. Auch ihre Freundinnen! Jetzt heißt es nur noch Leo, Leo, Leo. Vielleicht kann ich sie morgen abfangen, bevor sie zu den „Eislaufproben“ geht. Jep: Franzi wurde von Olivia ins Eiskunstlauf-Team geholt. Winterzauber olé!

03. MÄRZ

10:35

Habe Franzi mit ihren Skates vor der Turnhalle abgefangen. Anscheinend wird der sommerliche Eiskunstlauf auf Skates stattfinden, weil Olivia und Co. die Turnhalle nicht vereisen dürfen. Das wäre ja auch noch schöner! Franzi hat ganz komisch reagiert, als ich sie auf meinen Franzi-Entzug angesprochen habe. Zuerst war sie verlegen, aber dann ist sie richtig sauer geworden und hat gesagt, dass sie ihre Beziehung genießen will und warum eigentlich alle etwas dagegen hätten. Ich habe sie gefragt, was sie damit meint. Statt einer Antwort hat sie auf Benni gedeutet, der mit seinem Pausenbrot unter der großen Platane herumgelungert hat und zu uns herübergestarrt hat.

Benni ist 13 Jahre alt, schlaksig, bebrillt und offiziell Franzis Verflossener, sprich: Ex-Freund. Sie hat vor über einem Jahr mit ihm Schluss gemacht und er nimmt es ihr immer noch übel! Seit sie mit Leo zusammen ist, sieht er aus, als wäre ihm ein Traktor über den Fuß gefahren. Er würde vermutlich alles dafür geben, Franzi zurückzubekommen! Aber dass Franzi mich jetzt mit ihrem verrückten Ex vergleicht, finde ich total unfair! Ich will doch nur ein bisschen mehr Zeit mit ihr verbringen, das wird ja wohl nicht zu viel verlangt sein! Das habe ich ihr auch gesagt, aber sie hat nur gemeint, dass ich das nicht verstehe, weil ich keinen Freund habe. Entschuldigung? Mit der rede ich KEIN Wort mehr!

04. MÄRZ:
20:22

Franzi und ich sind heute gemeinsam zur Schule geradelt. Sie hat Leo, der sie abholen wollte, sogar extra weggeschickt und gesagt, heute sei „Freundinnen-Tag". Sie ist eben doch die Beste! Ich war total gut gelaunt. Jedenfalls, bis wir vor der Schule ankamen und mein Blick auf eines der „Winterzauber"-Plakate

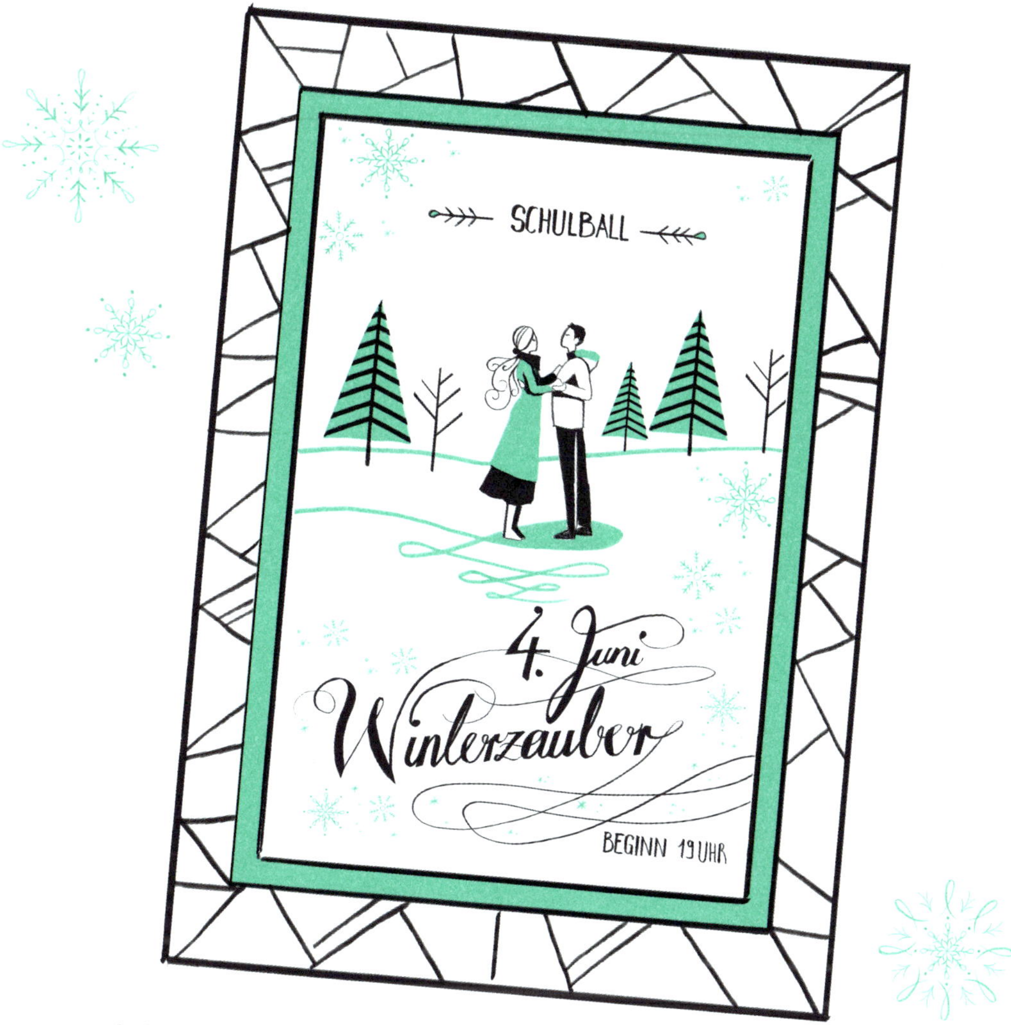

fiel, die für den
Vorverkauf von Tickets werben. Kalle
und ich hatten uns stundenlang gestritten, was das Motiv sein sollte. Ich hatte mich durchgesetzt (ein eislaufendes Pärchen auf einem zugefrorenen See, darunter in meiner schönsten Schnörkelschrift „Winterzauber") und das Plakat war wirklich toll geworden. Ayumi, die beste Zeichnerin der Schule, hatte ganze Arbeit geleistet. Aber jetzt hat es jemand mit schwarzem Filzstift vollgeschmiert! Vollgekrakelt mit schiefen, gebrochenen Herzen und einem Schriftzug: „Liebe ist eine Lüge!"

Ich war entsetzt. Die ganze Arbeit umsonst! Und: schwarzer Filzstift? Ich fuhr zu Kalle herum, der gerade in seinen ausgelatschten, weißen Turnschuhen auf den Schulhof geschlurft kam. Er sah selbst aus wie ein ausgelatschter Turnschuh: müde und zerzaust.

„Warst DU das, Kalle?", fragte ich. Aber er leugnete alles.

„Ein schwarzer Filzstift ist ein sehr gebräuchlicher Stift, Kim", witzelte er auf seine nervige Art, die alle Mädchen immer zum Lachen brachte. (Andere Mädchen. Nicht mich.) „Ich bin nicht der Einzige, der einen hat."

„Aber du bist der Einzige, der ständig damit herumschmiert", feuerte ich zurück.

Erst als Kalle im Schulgebäude verschwunden war, fiel mir das kleine, rote Origami-Herz auf, das jemand halb hinter das Plakat geschoben hatte. Ein solches Herz hatte ich auch hinter dem Scheibenwischer von Frau Schuster-Rüblis Auto gefunden.

Haben wir es hier etwa mit einem SERIENTÄTER zu tun?

07. MÄRZ
15:00

Franzi hat heute das „Eislauftraining" geschwänzt, um mit Marie und mir ins Lomo zu gehen. Anscheinend ist Olivia eine Sklaventreiberin und kommandiert die ganze Zeit alle herum. Sogar am Wochenende! Franzi sagt, dass sie schon lange keinen Muskelkater mehr hatte wie nach dem ersten Training. Puh! Zum Glück bin ICH keine Sportskanone. Im Deko-Team muss man sich wenigstens nicht körperlich verausgaben.

08. MÄRZ

22:10

Körperlich nicht. Aber seelisch! Kalle nervt. Nicht genug, dass er mir im Tanzunterricht dauernd klarmacht, wie kitschig er das alles findet. Er hackt auch ständig darauf herum, dass es beim Schulball immer nur um Liebe und Pärchen gehe und „solchen Kram". „Warum kann man nicht einfach nur tanzen und Spaß haben?"

Er hat einfach keine Ahnung! Weil es romantischer ist, wenn man mit seinem Freund dort tanzt und nicht einfach nur mit irgendeinem … Gorilla. Das habe ich ihm natürlich nicht gesagt. Olivia steht übrigens auf Kalle, sie schmachtet ihn die ganze Zeit an und lacht über seine Witze. Tja, Pech gehabt! Sie muss LEIDER mit ihrem Freund Malte gehen. ~~Kalle gehört nämlich mir!~~

09. MÄRZ

08:15

Kalle gehört mir NATÜRLICH nicht. Keine Ahnung, warum ich das gestern geschrieben habe. War wohl müde.

18:29

Wurde heute von Benni überfallen! Franzis Ex. Er hat mich am Ärmel gepackt und wollte unbedingt, dass ich Franzi einen Brief von ihm gebe.

„Aber nicht lesen, der ist nur für Franzis Augen bestimmt!"

Für wen hält der Kerl mich? Ich bin Franzis beste Freundin! Ihre Augen und meine sind quasi identisch!

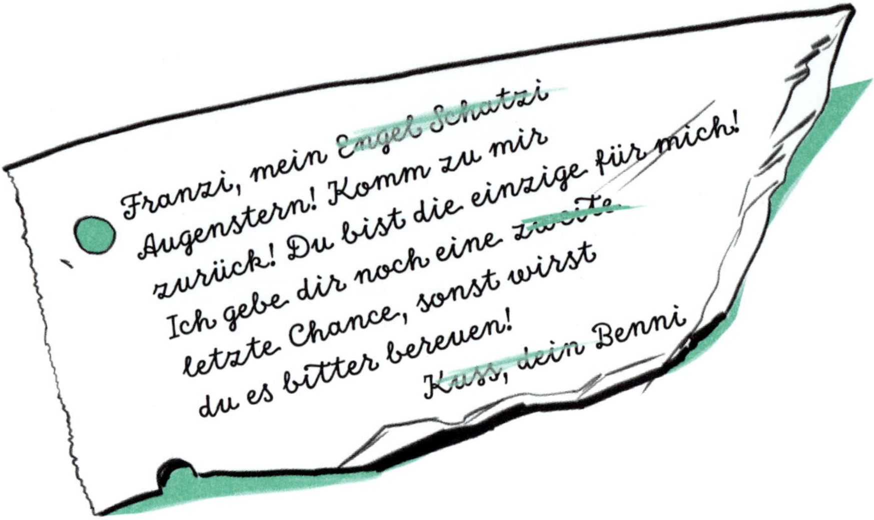

Franzi hat so lange und laut gelacht, dass unser Mathelehrer, Herr Uhl, sie vor die Tür geschickt hat.

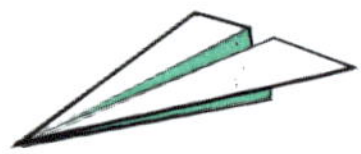

10. MÄRZ
16:00

Es ist offiziell. An unserer Schule geht ein Verbrecher um! Als Franzi und ich heute Morgen in die Aula kamen, waren alle total aufgeregt. Irgendjemand hat über Nacht Schokoladenpudding aus der Schulkantine in Ayumis Spind geschüttet! Als sie heute Morgen die Tür aufgemacht hat, ist ihr ein riesiger Schwall entgegengekommen. All ihre Bücher und Hefte sind ruiniert, ganz zu schweigen von den Plakatentwürfen für den Schulball, die sie auch dort aufbewahrt hat. Frau Schuster-Rübli hat sie nach Hause geschickt, weil ihre Klamotten total besudelt waren, deshalb konnten Franzi und ich sie leider nicht mehr befragen. Gleich morgen werden wir das nachholen. Ich habe nämlich unter Ayumis Spind ein Origami-Herz gefunden. Und das kann langsam einfach kein Zufall mehr sein!

Langsam wird's auffällig ...

21:00

Ich versuche, Sherlock Holmes zu lesen, aber zwei Dinge machen es mir unmöglich: Erstens muss ich immerzu an die Ereignisse in der Schule denken. Zweitens streiten sich meine Eltern unten im Wohnzimmer über das Fernsehprogramm. Liebeskomödie (meine Mutter) oder Doku über Schweizer Uhrmacher (mein Vater)? Wenn sie sich nicht bald entscheiden, sind jedenfalls beide Filme vorbei!

11. MÄRZ

14:00

Mittagspause vor dem Tanzunterricht: Franzi und ich haben Ayumi an der Tischtennisplatte getroffen und zu dem Anschlag auf ihren Spind befragt. Sie hat zugegeben, dass sie Pudding über alles liebt, sich jeden Tag einen Becher aus der Schulkantine holt und Schokolade ihre Lieblingssorte sei. Wer auch immer den Anschlag auf Ayumi verübt hat, er hatte Insider-Wissen!

Wir haben ihr dann noch das Origami-Herz gezeigt und sie hat gesagt, sie kenne an der Schule niemanden, der solche Origami-Herzchen falte. Aber als Halb-Japanerin wisse sie, dass Origami eine japanische Faltkunst sei. „Man muss sehr geduldig sein und geschickte Hände haben", erklärte sie, „dann kann man aus einem Stück Papier so ziemlich jede Form falten. Herzen sind vermutlich relativ einfach."

Ich habe Ayumi meine Handynummer gegeben und ihr gesagt, sie soll mir kurz schreiben, wenn ihr noch etwas einfällt.

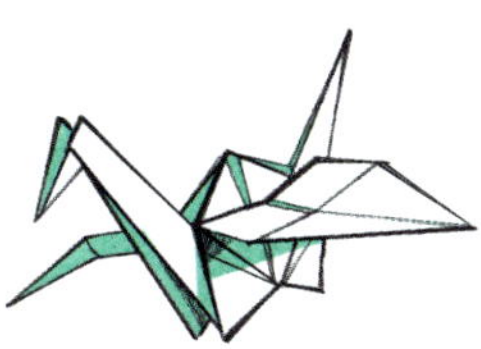

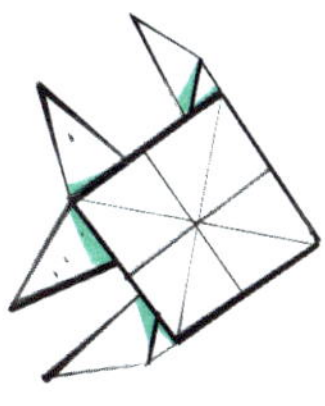

14. MÄRZ

23:45

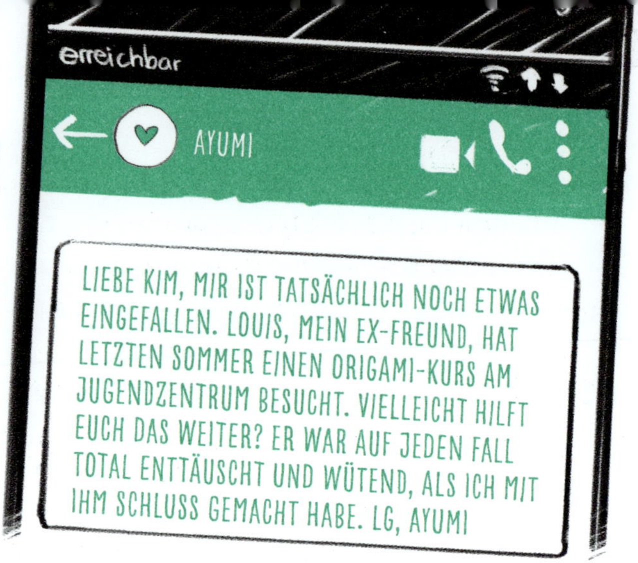

15. MÄRZ

9:45

Louis, Ayumis Ex-Freund, ist ein unsympathischer Typ! Erst schenkt er dem falschen Mädchen eine Blume zum Valentinstag, und dann wundert er sich, dass seine Freundin mit ihm Schluss macht! Franzi und ich haben ihm auf den Zahn gefühlt und herausgefunden, dass er ein Alibi für die Tatzeit hat: Er war mit seiner Klasse im Naturkundemuseum, um irgendwelche Bärentatzen abzuzeichnen. Louis scheidet also als Täter aus. Trotzdem lässt mich das Gefühl nicht los, dass er etwas zu verbergen hat. Er hat die ganze Zeit geblinzelt, als Franzi ihn befragt hat, und er konnte ihr kaum in die Augen sehen.

13:30

In der Mittagspause Louis observiert: Er hat sein Tablett mit Kartoffelbrei vollgeladen, aber keinen Bissen gegessen. Stattdessen hat er Ayumi angestarrt, die mit Kristina ein paar Tische weiter saß. Benni war auch da – und hat Franzi angestarrt. Die Jungs an meiner Schule sind wirklich komisch.

Vielleicht ist es ganz gut, dass Marie mir einen „Externen“ importieren will. Ich bin schon sehr gespannt, wer mein erstes Date sein wird. In ein paar Tagen, hat Marie gesagt, ist es soweit …

Cool

16. MÄRZ

9:45

Kalle hat mir vorhin eine Schokomilch auf den Tisch gestellt. Ich hab ihn gefragt, wo der Haken ist. Er war beleidigt und hat sie wieder mitgenommen.
„Das war ein Geschenk“, hat Franzi gesagt und mich in die Seite gestupst. „Er mag dich, Kim!“
Dass ich nicht lache. Kalle und ich, wir HASSEN uns doch!

11:30

Habe Kalle eine Gummischlange geschenkt. Grün.
Meine Lieblingssorte.
Er hat mich gefragt, „wo der Haken ist“.
So ein Blödmann! Da will man es wiedergutmachen, und dann so was! Jungs nerven!

17. MÄRZ

16:17

Kalle war heute ungewöhnlich großzügig und hat dem gesamten Deko-Team Muffins aus der Schulkantine spendiert. Dabei ist er sonst immer so sparsam und kauft sich nie irgendwas, nicht einmal in der großen Pause. Er sagt immer, die Preise seien „frech“. Aber jetzt scheint er plötzlich genug Geld zu haben. Er hatte sogar nagelneue Turnschuhe an! Auf meine Frage hin, ob er im Lotto gewonnen oder eine Bank ausgeraubt habe, hat er allerdings ziemlich grantig reagiert. Meine Güte!

18. MÄRZ
21:00

Was für eine Freakshow: Olivia hat seit Tagen Grippe, deshalb musste Herr Nörres den heutigen Tanzunterricht alleine leiten! Man konnte ihm deutlich ansehen, dass er lieber Erdkunde gegeben hätte. Er war völlig aufgeschmissen, dabei führt er immer Aufsicht und müsste Olivias Anweisungen eigentlich im Schlaf beherrschen. Sogar ich bin neulich aufgewacht und habe mich dabei ertappt, wie ich „Eins, zwei, Wiegeschritt" vor mich hin gemurmelt habe. In der Hinsicht sind Herr Nörres und ich uns leider ähnlich: Wir sind Theoretiker. Wenn wir zu viel nachdenken, verkopfen wir uns und … na ja, stolpern über unsere eigenen Füße. Jedenfalls musste Herr Nörres sich die Tanzschritte zuerst auf YouTube angucken, bevor der Unterricht beginnen konnte. Franzi hat ihm dafür ihr Handy geliehen. Dann ist er mit einem Besenstiel (!) als Tanzpartnerin über den Hallenboden geschwebt. Gar nicht mal so unelegant! Es hat beinahe so ausgesehen, als schwelge er in Erinnerungen an alte Zeiten. Er war total weggetreten. Er hat nicht einmal gehört, wie wir kicherten und als dann plötzlich Frau Schuster-Rübli in der Tür stand, ist er rot angelaufen wie eine Tomate! Er hat den Besenstiel weggeworfen, als hätte er sich verbrannt.

„Dagmar! Was machst DU denn hier?", hat er gestammelt. Dagmar ist der Vorname von Frau Schuster-Rübli, die im Übrigen sehr amüsiert aussah. Die Haare auf den Kopf hochgewuschelt und gut gelaunt wie immer, musterte sie den stocksteifen Nörres von Kopf bis Fuß. „Freut mich, dass dir der Tanzunterricht so viel Spaß macht, Theodor", sagte sie. Theodor ist der Vorname von Herrn Nörres. „Erinnert mich an damals, als wir selbst Abschlussball hatten, weißt du noch? Das war vor 25 Jahren …"

„… und es war das letzte Mal, dass es an dieser Schule einen Ball gab, ich erinnere mich", fiel ihr Herr Nörres säuerlich ins Wort und wandte sich ab. Keine Ahnung, warum er um Frau Schuster-Rübli immer einen Bogen macht wie ein Vampir, der das Sonnenlicht scheut. Vielleicht, weil sie seine Chefin ist? Kalle und ich haben uns heute übrigens ganz gut angestellt. Er hat sich richtig Mühe gegeben und sogar „Sorry!" gesagt, als er mir auf den Fuß getreten ist. Vielleicht kein großer Schritt für die Menschheit – aber ein großer Schritt für Kalle! Zwei Sekunden später hat er mich dann allerdings fallen gelassen und behauptet, ich hätte „rutschige" Hände. Was soll das denn bitte heißen? Dass ich „schwitze"? Ich habe ihn stehen gelassen. Soll er doch mit dem blöden Besenstiel tanzen!

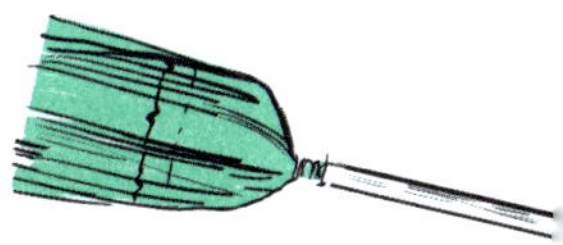

21. MÄRZ
15:30

Das Deko-Team hat heute die neuen Plakate aufgehängt (in der ganzen Schule, auf dem Pausenhof und sogar in den Seitenstraßen) und dann haben wir erste Konzepte für die Turnhalle entworfen. Olivia war heute angenehm zurückhaltend. Was vermutlich daran lag, dass sie zwar wieder gesund ist, aber immer noch keine Stimme hat. Ayumi hatte die Idee, eine Schaumkanone zu besorgen. So können wir es in der Halle schneien lassen, ohne wirklich irgendetwas vereisen zu müssen. Alle fanden die Idee gut. Nur Olivia hat wieder (heiser) gemeckert. Sie hat gesagt, dass von Schaum die Kleider nass werden und dass wir lieber Schneeflocken aus Papier basteln sollen, die dann „von der Decke rieseln".

Alle fanden Olivias Idee mal wieder „GROSSARTIG" und „GENIAL" und „WO NIMMST DU NUR DEINE IDEEN HER, OLIVIA?". Kalle allen voran, leider. Schleimer!

Dreimal darfst du raten, Tagebuch, wer die Schneeflocken einkaufen muss, ich korrigiere mich, „darf“!

20:10

Habe eben Papier-Schneeflocken gegoogelt. Kann man säckeweise kaufen. Oder einfach (Olivias Tipp an mich) mit dem Locher aus „ganz vielen weißen Seiten ausstanzen“. Was natürlich ewig dauern würde, aber (laut Olivia) viel billiger wäre und: „Kim hätte dann auch mal was beigetragen.“ Frage des Tages: Darf man jemandem, der gerade die Grippe hatte, die BEULENPEST an den Hals wünschen!?

22. MÄRZ

19:00

Elternabend! Große Freude bei Mama und Papa, die schon die Augen verdreht haben, als ich ihnen den Brief überreicht habe. Mama sagt, es gibt nichts Anstrengenderes als andere Eltern. „Nicht einmal faule Schüler?“, wollte ich wissen.

Sie hat kurz überlegt und dann düster gesagt: „Nein. Nicht einmal das.“

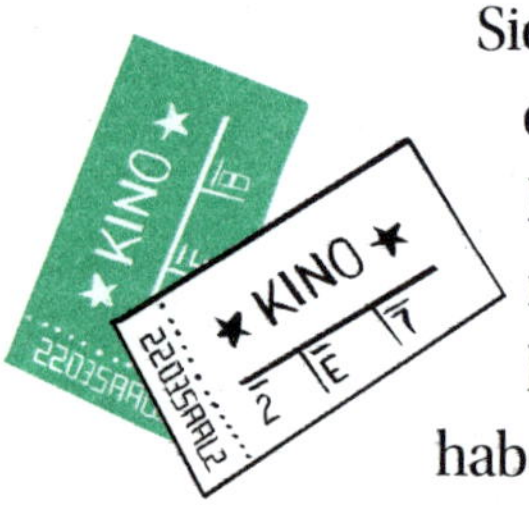

Meistens gehen meine Eltern nach dem Elternabend noch einen Wein trinken oder ins Kino, um sich „zu belohnen“. Die Zwillinge sind bei Freunden. Das heißt, ich habe sturmfreie Bude. Ich freu mich schon. Gleich kommen Marie und Franzi!!!

20:40

Kurze Zwischenmeldung: Marie hat gesagt, sie hat ein Date für mich! Wir treffen uns am 26. März im Lomo. Ich bin so aufgeregt! Marie hat mir nicht gesagt, wer es ist. Sie meint, „Blind Dates“ seien viel spannender. Von mir aus … Franzi hat mich übrigens gleich gefragt, warum ich überhaupt einen neuen Tanzpartner wolle, Kalle und ich seien doch inzwischen „ganz gut zusammen". Hallo? Sicher nicht!

23:30

Marie und Franzi schlafen schon und ich versuche, extra leise zu schreiben. Die beiden übernachten heute bei mir.

Unser Abend war mal wieder perfekt. Wir haben vor dem Fernseher eine Pyjamaparty mit Kakao und selbst gebackenen Muffins gefeiert. „Mord im Orientexpress" von Agatha Christie ist echt spannend! Franzi hat zwar die ganze Zeit getan, als wäre sie total abgebrüht, aber als dann dieser unerwartete Schuss fiel, ist sie fast an die Decke gegangen vor Schreck. Marie und ich haben sie ausgelacht. Dafür hat sie uns mit ihrem Kissen beworfen. Danach haben wir noch die Hälfte von „Das Böse unter der Sonne" (auch Agatha Christie) angeschaut, bis meine Eltern zurückkamen. Normalerweise sind sie immer total geschlaucht, wenn sie vom Elternabend wiederkommen, und wollen sofort ins Bett. Aber heute hat man ihre Stimmen schon gehört, als sie die Haustür aufgeschlossen haben!

„Ich frage mich wirklich, wer so was macht!", hat meine Mutter gerufen.

Ich habe gleich den Fernseher leiser gestellt. „Mama, alles in Ordnung?"

Meine Eltern kamen zu uns ins Wohnzimmer. Mama hat sich gleich in den Sessel fallen lassen. Sie hat uns erzählt, dass jemand ihr rotes Auto sabotiert hat. Auf dem Lehrerparkplatz vor der Schule. Wir, die drei !!!, wechselten unbehagliche

Nicht mehr witzig ...

Blicke. Auf meine Frage hin, was denn genau passiert sei, erzählte Papa uns, dass der Motor nicht mehr angesprungen sei und sie, als sie nachsehen wollten, ganz viele Origamiherzen im Tank gefunden hätten. Origamiherzen? Mein Herz fing an zu klopfen! Zum Glück hatte Frau Schuster-Rübli ihr Auto genau neben ihnen geparkt und konnte sie mitnehmen. Mamas Auto muss jetzt natürlich in die Werkstatt.

„Außerdem wurden einige Herzen auf die Windschutzscheibe und die Autotüren geklebt. Mit Heißkleber!“

Meine Mutter schüttelte den Kopf. „Wer kommt darauf, solche blöden Streiche zu spielen? Das ist doch wirklich eigenartig!“

Das war es allerdings. Franzi, Marie und ich hatten vorher die seltsamen Vorkommnisse detailliert besprochen. Das war jetzt schon das zweite Mal, dass der Täter ein Auto im Visier gehabt hatte.

23. MÄRZ
13:41

FRANZI

KIM, RUF MICH BITTE AN.
ES IST DRINGEND!!!

17:05

Autos, Fahrräder: Was ist als Nächstes dran? Meine Hand zittert vor Wut, während ich das schreibe! Diesmal ist der Täter wirklich zu weit gegangen. Er hat heute tatsächlich Franzis Fahrradreifen aufgeschlitzt und ein Origami-Herz auf ihren Sattel geklebt! So eine Unverschämtheit! Zu allem Überfluss hat es auch noch geregnet und Franzi musste den ganzen Weg nach Hause schieben. Sie hatte heute nach mir Schule aus, sonst hätte ich sie natürlich mit zu uns genommen. Sie hat gesagt, dass sie nur noch kurz ihre Skates aus der Turnhalle hat holen wollen … und dann war plötzlich der Reifen durch.

Ich habe mir das „Opfer“ angesehen. Sieht aus, als hätte jemand ein Messer benutzt. Der Schnitt ist tief und lang. Wer immer das war, er muss richtig wütend gewesen sein auf Franzi! Mein erster Verdacht fiel gleich auf ihren Ex-Freund Benni, aber der hat ein Alibi: Er war beim Nachsitzen. Hat anscheinend wiederholt Kaugummis unter Tische geklebt. Jedenfalls scheidet er aus.

Ist es nicht seltsam, dass die Allerverdächtigsten immer ein Alibi haben? Wirklich rätselhaft!

24. MÄRZ

16:35

Ich habe die Nase voll vom Deko-Team! Deko-Teams sollten verboten werden! Aber von vorne:

Kalle und ich waren heute zusammen Ballons und anderen Kram für den Schulball einkaufen. Material für Girlanden und so was. Dazu sind wir extra mit dem Bus in einen Deko-Shop am anderen Ende der Stadt gefahren, den mal wieder Kalle kannte. Ausgerechnet! Ich habe ihn noch mal gefragt, wieso ein „cooler Typ“ wie er so viele Bastelläden kennt?

Er ist rot geworden und hat behauptet, er habe viele kleine Schwestern. Ja klar, und ich habe eine Horde zahmer Affen, die in ihrer Freizeit mit Fingerfarben malen. Ich habe wirklich schon bessere Ausreden gehört!

Der Deko-Shop liegt jedenfalls im Gewerbegebiet und ist riesig. Es gibt alles dort, tausend Arten Stoffe und Papier. Auch Origami-Papier. Damit hatte ich gerechnet und extra ein rotes Papierherz mitgenommen. Zum Vergleich. War aber leider eine Sackgasse: Der Laden verkauft alle möglichen Rottöne, nur nicht diesen.

„Den hatten wir vor zwei Jahren mal im Sortiment", hat die Verkäuferin gesagt. „Aber der ging nicht so gut weg, deshalb stellt die Firma ihn gar nicht mehr her."

Indiz Nummer 1: Unser Täter arbeitet mit Vorräten von vor zwei Jahren.

Ich habe Franzi per SMS informiert, und dann haben Kalle und ich die Kostümabteilung entdeckt, mit ganz vielen Masken und Hüten und Federn. Wir haben gleich alles durchprobiert. Ich muss zugeben, ich hatte richtig viel Spaß. Kalle kann witzig sein, wenn er will. Richtig witzig. Am meisten musste Kalle lachen, als ich in diesem Ganzkörper-Herz-Kostüm aus Plüsch stecken geblieben bin. Ich fand das dann gar nicht mehr sooo lustig und war froh, als er mich endlich befreit hatte. Er hat gesagt, er sei mein Retter in der Not, und mich dabei so komisch angeguckt. So ernst. Und dann hat er mir eine Papier-Schneeflocke aus dem Haar gepickt. (Die fliegen überall in diesem Deko-Shop herum.)

„Was meinst du, ist es Ladendiebstahl, wenn wir die Schneeflocke mitnehmen?", hat er gefragt und mir zugezwinkert. „Oder bist du zu sehr Detektivin für so was?" (Kalle weiß, dass ich einen Detektivclub habe. Olivia hat es ihm erzählt.)

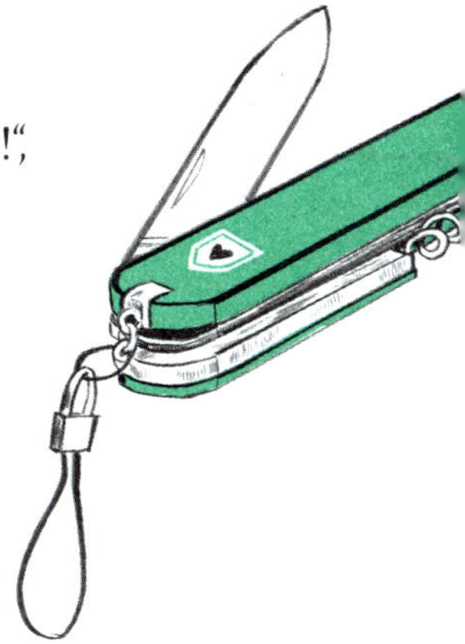

Ich verschränkte die Arme. „Allerdings bin ich das!", sagte ich streng.
„Komm schon, wir sind wie zwei Gangster! Bonnie und Clyde!"
Vielleicht. Mit dem Unterschied, dass Bonnie und Clyde ein Pärchen waren. Ich wollte eben etwas Freches erwidern, als mir das Taschenmesser in seiner Hand auffiel.
„Äh. Was hast du denn damit vor?"
„Damit habe ich dich gerade aus dem hässlichen Herz-Kostüm rausgeschnitten."
„Du hast es zerschnitten?" Mein Blick fokussierte sofort auf das Preisschild. „75 Euro? Kalle!"
Er sagte, ich solle froh sein, dass es jetzt ein Herz weniger gebe auf der Welt. Liebeskram sei doch was für Langweiler.
Ich bin richtig sauer geworden! „Findest du also auch, dass man Plakate für Schulbälle beschmieren und Schokoladenpudding in Spinde gießen soll?", rief ich.
Kalle zuckte bloß mit den Schultern. „Keine Ahnung. Die Plakate waren doch sowieso voll kitschig. War doch witzig."
Witzig? Der unverschämte Kerl fand es also tatsächlich WITZIG, wenn man Fahrradreifen aufschlitzte und Autos kaputt machte! Ich deutete anklagend auf das Taschenmesser in Kalles Hand. „Witzig, ja? Hast DU vielleicht Franzis Fahrrad sabotiert?"
Kalle bekam ganz große Augen. Er starrte mich total verwirrt an und dann behauptete er, das mit Franzis Fahrrad habe er nicht gewusst. Als ob! Alles Show! Ich verließ wutschnaubend den Laden. Sollte er doch die Ballons und den ganzen anderen Kram zurück zur Schule tragen.

Jetzt sitze ich in meinem Zimmer auf dem Bett und schreibe mir die Wut aus dem Bauch. Am liebsten würde ich lauter wilde Kritzel-Kringel malen, aber das hat mein armes Tagebuch nicht verdient. Wenn Kalle, der alte Liebesfeind, wirklich hinter den gemeinen Anschlägen steckt, dann kann er sich auf was gefasst machen. Ich werde ihn überführen!

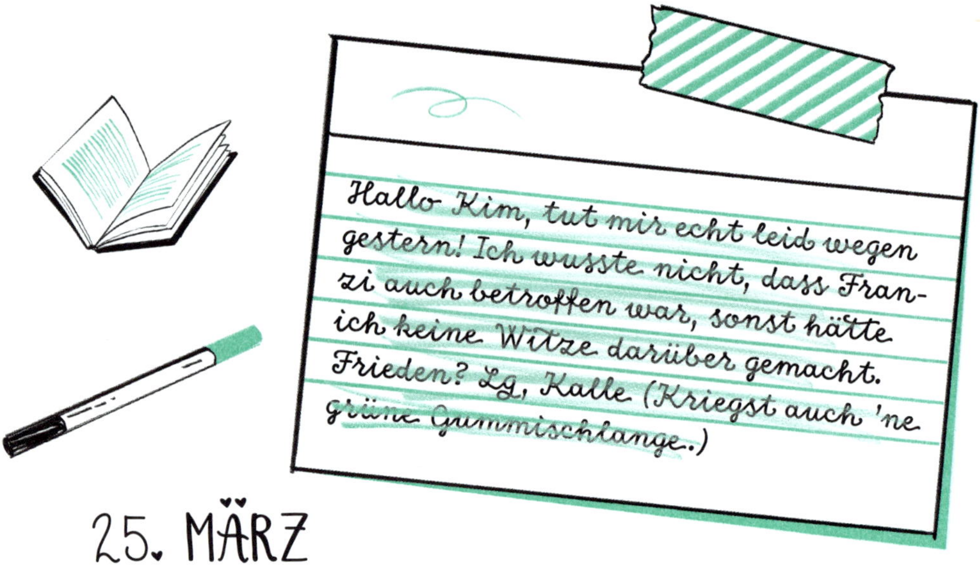

25. MÄRZ
11:05

Schon mal was von Privatsphäre gehört!? Kalle, der Verbrecher, hat tatsächlich in MEIN Tagebuch geschrieben! Da lässt man EINMAL seine Tasche offen liegen … Es wird Zeit, dass ich einen neuen Tanzpartner finde, mit dem ich dann in einem großen, einem SEHR großen Bogen um Kalle herumtanzen werde! Außerdem, wie billig ist es bitte, mich mit einer Gummischlange kaufen zu wollen? (Immerhin hat er sich gemerkt, dass ich die grünen am liebsten mag. Ein Punkt für ihn. Aber trotzdem: Das. Gesetz. Ist. Nicht. Bestechlich.)

11:35

Das Gesetz wurde soeben bestochen. Die grüne Gummischlange liegt mir schwer im Magen. Aber ich konnte einfach nicht widerstehen. Jetzt grinst Kalle in der letzten Reihe wie ein Idiot. Was er auch IST!

26. MÄRZ

8:30

Endlich. Der 26. März ist gekommen und mit ihm mein erstes Blind Date im Lomo. Jetzt werde ich zur Abwechslung mal über einen anderen Jungen nachdenken dürfen als KALLE. Ich kann es kaum erwarten, bin aber auch nervös: Ich hoffe, Marie hat bei der Auswahl guten Geschmack bewiesen.

16:00

Sitze im Lomo auf Position. Marie hat gesagt, ich werde mein Date an einer roten Rose erkennen. Rote Rose, rote Rose … Vielleicht der süße Typ auf der Eckbank, mit dem Laptop? Nein! Keine Rose weit und breit, außerdem macht der anscheinend seine Hausaufgaben. Der Kerl mit der Zeitung, an der Bar? Der wäre ja nun wirklich zu alt! Wobei, Marie würde ich es zutrauen … Ah, die Glocke über der Tür hat gebimmelt! Jemand kommt rein. Mein Blind Date? Nein. Falscher Alarm, es ist nur Schleimi-Robin. Witzig: Er hält eine rote Rose in der Hand. Moment! Warum hält er eine rote Rose in der Hand? Und WARUM kommt er jetzt auf mich zu?! Oh nein. Nein. Nein. NEIN! Marie ist einfach unmöglich!

19:45

Schleimi-Robin. Wie kommt Marie bloß darauf, mich mit diesem Typen verkuppeln zu wollen? Sie weiß doch, dass ich ihn nicht ausstehen kann! Wir haben uns absolut NICHTS zu sagen und keine gemeinsamen Interessen: Robin steht auf Haargel – ich nicht. Ich liebe Detektivgeschichten – Robin liest nur Klatschmagazine. Apropos Klatschmagazine: EIN Gutes hatte das „Date“ zumindest. Robin ist die größte Tratschtante der Schule und weiß alles über jeden: Wer mit wem zusammen ist, wer auf wen steht, wer mit wem Schluss gemacht hat und so weiter. Robin ist eine verlässliche Quelle. Wenn er erwachsen ist, will er Paparazzo werden, hat er gesagt. Das sind Journalisten und Fotografen, die hinter berühmten Leuten herrennen und ihre Nase in deren Privatleben stecken. Passt zu Robin. Ich habe ihn jedenfalls zu den aktuellen Vorkommnissen an unserer Schule interviewt und somit unser Date zu einer Art Befragung umgemodelt (was sich für mich irgendwie besser angefühlt hat). Dabei kam die Sprache auch auf Benni, Franzis Ex-Freund. Ich habe Robin gleich gesagt, dass Benni ein Alibi für die Tatzeit hat, aber Robin hatte Bedenken. Er meinte, dass Benni nach der Abfuhr von Franzi hinter allen möglichen Mädchen her gewesen sei. Aber keine wollte mit ihm ausgehen oder seine neue Freundin sein.

„Ayumi war auch auf seiner Liebes-Liste“, hat Robin gesagt und mich vielsagend angeschaut. Erst der Anschlag auf Ayumi, dann auf Franzi … Ich musste zugeben, Bennis gekränkter Stolz hörte sich nach einem echten Motiv an. War er etwa doch unser Täter?

„Schau uns an, wie wir gemeinsam ermitteln!“, flötete Robin in meine Gedanken hinein. „Wir sind halt ein echt gutes Team, Kim Jülich! Die zwei … Morsezeichen!“ Wie bitte? In seinen Träumen vielleicht! Ich bestellte sofort die Rechnung und verbot Robin, meinen Kakao Spezial zu zahlen. Der sollte sich bloß nichts einbilden!

22:21

erreichbar
MARIE G.
MARIE GREVENBROICH! ICH KÖNNTE DICH …
… UMARMEN? WAR'S SO SCHÖN?
SCHÖN?! SCHLEIMI-ROBIN STAND PLÖTZLICH MIT EINER ROSE IM LOMO UND HAT MIR EINE STUNDE LANG VERLIEBT IN DIE AUGEN GE-GLOTZT! WIE KOMMST DU BITTE AUF DEN?!
KIM! DU WARST IM FALSCHEN CAFÉ! DAS DATE SOLLTE IM EISCAFÉ RIO STATTFINDEN!
KIM …? BIST DU NOCH DA?
NEIN. BIN GERADE IM BODEN VERSUNKEN.

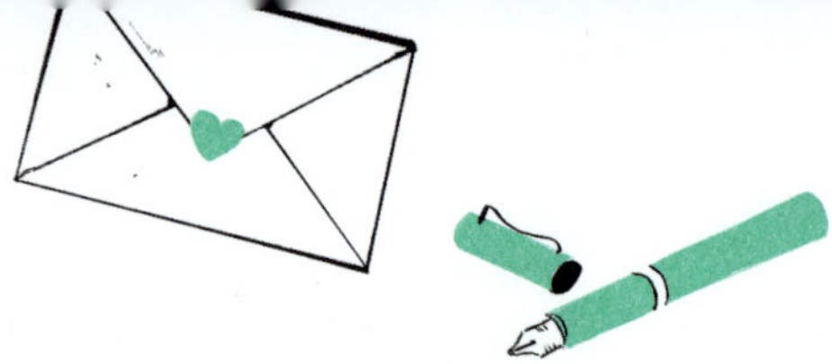

27. MÄRZ
10:25

Na toll. Ich habe mein Blind Date verschusselt – und Robin hat es ausgenutzt! Ich habe ihn am Telefon zur Rede gestellt. Wie es aussieht, hat Robin mich nur ganz zufällig im Lomo gesehen, sich „spontan“ eine Rose aus einer Vase vor der Tür geschnappt und sich an mich rangemacht. Und ich habe nichts gemerkt. Toll, Kim Jülich! Manchmal könnte ich mich selbst ohrfeigen. Dafür habe ich Marie gerade einen superromantischen Brief für ihren geheimnisvollen Unbekannten geschrieben.

28. MÄRZ
16:45

29. MÄRZ
09:45

In der Pause haben wir Benni an der Tischtennisplatte befragt. Es hat genieselt und er war der Einzige, der sich überhaupt draußen rumgetrieben hat. Zuerst wollte er nicht mit

uns sprechen, aber dann hat Franzi ihn zu einem Tischtennis-Match herausgefordert und er hat verloren. Also musste er uns Rede und Antwort stehen. Und jetzt kommt's: Benni hat tatsächlich zugegeben, dass er hinter der Sache mit dem Fahrradreifen steckt! Er hat es aber nicht selbst getan – sondern jemand anderen dafür bezahlt! Deshalb hatte er zur Tatzeit auch ein Alibi.
Franzi war stinksauer. Sie wollte sofort wissen, wen Benni bezahlt hat. Er hat sich verstohlen umgesehen, ganz so, als befürchte er, dass jemand uns beobachtet oder belauscht. Dann hat er seine Stimme gesenkt und mit Grabesstimme geflüstert: „Den Anti-Amor!" Er hat ganz große Augen gemacht hinter seiner Brille, als hätte er Angst.
Wir haben ihn gefragt, wer das bitte sein soll. Benni hat sich gewunden wir ein Aal. Er hat gesagt, dass es ihm an den Kragen gehen würde, wenn er uns davon erzählt.
Franzi hat gesagt, wenn er es uns NICHT erzählt, würde sie ihm höchstpersönlich an den Kragen gehen. Also ist er dann doch mit der Sprache rausgerückt. Der sogenannte Anti-Amor ist ein mysteriöser Unbekannter, der sich für Geld an „Herzensbrechern" rächt. Einfaches Beispiel: Benni wird von seiner Freundin Franzi verlassen. Benni ist sauer und gekränkt. Benni beauftragt den Anti-Amor und gibt ihm Franzis Namen und einige Informationen. Der Anti-Amor rächt sich für Benni an Franzi. Eine riesengroße Gemeinheit! Aber auch ziemlich genial: Der wahre Täter hat immer ein Alibi, weil er jemand anderen für sich arbeiten lässt.
Wie auch Louis, mit dem Ayumi am 15. Februar per SMS Schluss gemacht hat (siehe mein Eintrag). Zugegeben keine sehr nette Art, Schluss zu machen – und deshalb vielleicht auch besonders kränkend für jemanden wie Louis …

„Louis? Du meinst, Ayumis Ex steckt hinter der Sache mit dem Pudding?", fragte Franzi.

Benni nickte: „Ja klar, von ihm hab ich doch den Tipp mit dem Anti-Amor bekommen!"

Manche Leute sind wirklich unglaublich! Es ist schließlich vollkommen in Ordnung, mit jemandem Schluss zu machen, wenn keine Gefühle mehr da sind. Was würde denn passieren, wenn jeder sich immer gleich rächen würde?

Franzi funkelte Benni böse an. „Jeder hat das Recht, selbst zu bestimmen, mit wem er zusammen sein will! Es ist aus zwischen uns, kapier das endlich!"

Benni war total zerknirscht. Er hat zugegeben, dass das mit dem Fahrradreifen fies war. Franzi hat ihn grollend angestarrt. „Dafür haben wir was gut bei dir, Benjamin Müller-Kunz!" Benni hat uns sofort ALLES versprochen. Was auch immer wir brauchen.

15:10

„Was auch immer ihr braucht, aber nicht DAS!" Benni bereut es inzwischen bitter, dass er uns ALLES versprochen hat. Meine Idee, ihn als Lockvogel zu benutzen, ist jedenfalls nicht gut angekommen. Zu unserem großen Glück hat Benni den Anti-Amor nämlich noch nicht bezahlt. Die Übergabe wird heute Abend im Schillerpark stattfinden. Wenn Benni den Umschlag mit dem Geld am Amor-Brunnen (wie passend!) deponiert hat, werden die drei !!! im Gebüsch lauern – und den Anti-Amor auf frischer Tat ertappen!

18:30

Unfreiwillige Planänderung. Meine Mutter nötigt mich, mit ihr ins Kino zu gehen. Mein Vater hat „Kopfschmerzen", mit anderen Worten: „Keine Lust auf einen Liebesfilm." Ich habe ihn sofort durchschaut und meine Mutter auch. Er ist wirklich kein guter Schwindler!

Weil meine Mutter aber UNBEDINGT die neue 2-Stunden-Fassung des romantischen Hollywood-Klassikers „Liebe hinterm Horizont" sehen muss und niemals alleine ins Kino geht, habe ich nun die zweifelhafte Ehre, sie zu begleiten. Spontaner „Mutter-Tochter-Abend": Sie braucht angeblich jemanden, an dessen Schulter sie sich ausheulen kann. Ach, du liebe Güte! Ich hoffe, sie schnäuzt sich nicht auch noch in meinen Ärmel!

Am meisten wurmt es mich, dass Franzi und Marie dem Anti-Amor jetzt alleine auflauern müssen … Ich hoffe, die Aktion im Schillerpark läuft nicht aus dem Ruder.

Meine Mutter ruft, ich muss los. Nehme sicherheitshalber eine Packung Taschentücher mit!

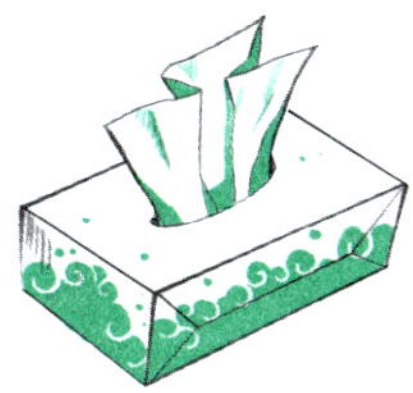

21:35

Noch keine Neuigkeiten von Franzi und Marie.

Der Abend im Kino war wie zu erwarten eine endlose Hölle aus Schmalz. Ich habe schwer gelitten – und das will was heißen! Ich meine: Ich bin schließlich die Letzte, die sich über ein bisschen Romantik beschwert. Aber die traumatischen Szenen, die sich heute in Saal 2 des Metropol-Kinos „Südstadt" abgespielt haben, werden mich noch um den Schlaf bringen, und ich spreche hier NICHT von Szenen auf der Leinwand – sondern im Publikum! Mindestens sechzig, wenn nicht mehr Frauen mit verheulten Augen und roten Nasen, zu heißen Tränen gerührt von der absurdesten

Liebesgeschichte der Welt: Sie (Journalistin, blond und gut aussehend) stürzt mit ihrem Kleinflugzeug auf einer einsamen Insel ab. Er (Abenteurer, schwarzhaarig und muskulös) findet sie und päppelt sie wieder auf. Sie verlieben sich. Ende.

Meine Mutter hat geheult wie ein Schlosshund. Es wäre peinlich gewesen, wenn nicht alle anderen um sie herum auch geheult hätten wie Schlosshunde. Abgesehen von mir natürlich: Dieser kitschige Klassiker, der in dem Jahr gedreht wurde, als meine Eltern sich kennenlernten, ist wirklich SEHR schlecht gealtert!

„Dein Vater und ich waren so verliebt damals", schluchzte meine Mutter in meine Schulter.

Ich reichte ihr stumm ein Taschentuch.

Sie schnäuzte sich, dann jammerte sie: „Und jetzt vergisst er sogar den Valentinstag."

„Pssst!", machte jemand hinter uns. Und ich dachte immer, ICH bin dramatisch! Ich griff seufzend in meine XXL-Popcorntüte. Leider war sie schon leer. Das war natürlich vollkommen inakzeptabel. Als die Schmonzette ihren Höhepunkt erreichte (Sonnenuntergang und alles), bin ich mal kurz raus ins Foyer geschlichen, um mehr Popcorn zu holen. XXL-Nervennahrung. Und wer stand neben der Popcornmaschine und hatte genau das Gleiche vor? Herr Nörres! Ein Blick auf das Ticket in seiner Hand (auf dessen Rückseite ein 50- %- Gutschein für Popcorn abgedruckt war), und mein Abend war gerettet: Herr Nörres sah sich tatsächlich „Liebe hinterm Horizont" an! Herr Nörres! Ausgerechnet!

Wenn ich das Franzi erzähle! Ich musste grinsen.

Ich stellte mich direkt hinter ihn und tippte ihm

auf die Schulter. Er fuhr herum wie von der Tarantel gestochen und starrte mich ertappt an.
„Hallo, Herr Nörres!“, flötete ich unschuldig.
Meine Mutter sagt, es gibt für Lehrer nichts Schlimmeres, als Schüler im Privatleben zu treffen. Außer Elternabende natürlich. Das scheint zu stimmen, Herr Nörres war jedenfalls alles andere als begeistert, mich zu sehen. Er versteckte das Ticket in seiner Faust, aber ich hatte natürlich schon alles gesehen.
Ich fragte ihn freundlich, ob er sich etwa auch „Liebe hinterm Horizont“ ansehe.
Er lief sofort knallrot an und zog nervös an seinem Kragen herum. „So ein Unsinn! Ich war … ähm … in dieser BBC-Dokumentation über Vulkane, sehr informativ!“ Dann machte er ganz schnell, dass er davonkam. Er hat den Seiteneingang benutzt, aber ich weiß genau, dass er in Saal 2 verschwunden ist. Scheint wohl doch ein Romantiker in diesem selbst gestrickten Pullunder zu stecken.
Nach dem Kino liefen meine Mutter und ich zum Auto: Ich ganz beschwingt, wie frisch aus dem Gefängnis entlassen, sie mit roter Nase.
„Lass uns schnell heimfahren“, schniefte sie. „Ich würde mir gern die DVD von dem Film noch mal angucken. Bei einem Glas Rotwein und einer Schachtel Katzenzungen.“
Ich hob fassungslos die Arme: „Mama? Wir haben die DVD daheim? Wieso schleppst du mich dann ins Kino!?“
Meine Mutter schürzte die Lippen.
„Um Bill Murray in Groß zu sehen!“
Ich stöhnte leise auf.

22:11

30. MÄRZ

11:35

In der großen Pause habe ich Franzi in der Schulkantine getroffen: Sie hatte nicht viel Zeit, mir von gestern Abend zu erzählen, weil sie gleich weiter zum Eiskunstlauftraining musste. Aber Marie hat ein Protokoll geführt, das ich hier einklebe:

21:00 UHR: Franzi W. und Marie G. treffen am Schillerpark ein. Von Benni M.-K. keine Spur.
21:05 UHR: Benni kommt, muss aber sofort hinter die Büsche. Aufs Klo.
21:10 UHR: Benni fragt dauernd nach der Uhrzeit. Hat selbst keine Uhr. NERVT!
21:12 UHR: Benni muss schon wieder aufs Klo! Schwache Blase – oder Angst?
21:15 UHR: Benni beschwert sich über unsere Snacks. Hat selbst natürlich NICHTS dabei.
21:20 UHR: Franzi sagt, sie weiß jetzt wieder, warum sie mit Benni Schluss gemacht hat.

21:25 UHR: Benni hinterlegt – wie geplant – einen Umschlag mit 60 € am Amor-Brunnen.
21:30 UHR: Benni, Franzi und Marie lauern hinter einem Gebüsch. Benni meckert über Mücken.
21:32 UHR: Eine schattenhafte Gestalt nähert sich, sie trägt einen schwarzen Kapuzenpullover.
21:33 UHR: Benni jammert, dass seine Nase juckt.
21:34 UHR: Benni niest! Genau im falschen Augenblick. Die vermummte Gestalt fährt herum, schnappt sich den Umschlag und läuft damit weg. Eine Verfolgung seitens Franzi bleibt erfolglos, sie muss nach einigen Metern aufgeben. Der Anti-Amor hat sich, wie es scheint, in Luft aufgelöst. Allerdings hat er bei seiner Flucht ein Taschenmesser verloren. Schweizer Fabrikat.
21:45 UHR: Benni fragt Franzi nach einem Taschentuch. Franzi flippt aus!
21:47 UHR: Benni ist fertig mit den Nerven und will NICHTS mehr mit Franzi zu tun haben.
22:00 UHR: Franzi ist – trotz missglückter Mission – so gut gelaunt wie schon lange nicht mehr.

12:35

Leo hat mich nach Erdkunde im Flur abgepasst. Nein, er hat mir geradezu AUFGELAUERT! Er war ganz aufgelöst und rot im Gesicht und wollte unbedingt wissen, warum Franzi mit Benni im Schillerpark war! Ob sie wirklich „romantisch im Mondschein spazieren waren", wie Gerüchte sagen! Hallo? Erstens: Woher weiß Leo, dass Franzi mit Benni im

Schillerpark war? Und zweitens: Wie kommt er ausgerechnet auf romantische Spaziergänge im Mondschein? Wer erzählt so was?!

15:20

Die Antwort lautet: Benni Müller-Kunz! Anscheinend hat er überall rumposaunt, dass er und Franzi zusammen im Schillerpark waren. Bei Vollmond. Dass Marie mit dabei war und sie lediglich einen Verdächtigen observiert haben, hat er natürlich verschwiegen. Leo ist beleidigt und Franzi muss sich nach der Schule mit ihm treffen, um ihm alles zu erklären. Na toll. Manche Jungs sind SO anstrengend! Vielleicht sollte ich DOCH dankbar sein, dass ich keinen Freund habe. Obwohl: Es muss ja auch noch normale Jungs auf der Welt geben. Marie hat für den 3. April wieder ein Blind Date anberaumt, diesmal wirklich im Lomo, damit keine Verwechslungen mehr entstehen. Dafür habe ich ihr gleich wieder einen schönen romantischen Brief geschrieben. Ich habe mich ein bisschen davontragen lassen, um ehrlich zu sein … Er ist viereinhalb Seiten lang geworden.

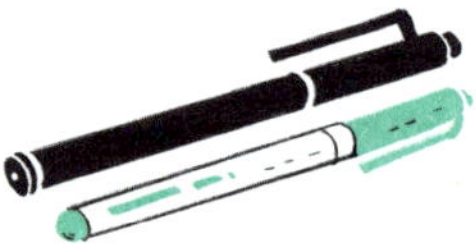

17:40

Marie hat mich vorsichtig gebeten, den Brief zu kürzen. Sie sagt, es seien ein paar „Dopplungen“ drin, und wirft mir übermäßigen Gebrauch des Wortes „Herz“ vor. Wie undankbar! Jetzt sitze ich hier mit einem Rotstift und schlechter Laune. Weiß Marie nicht, dass Kürzen das SCHLIMMSTE ist für eine passionierte Autorin? Soll ich etwa den Absatz weglassen, in dem ich Maries schlagendes Herz mit einem eingesperrten Vogel vergleiche? Oder diese eine Passage, in der ich die Augen von Maries Liebstem (sie hat mir verraten, dass sie grün sind) mit einem glitzernden Waldsee vergleiche, der so unergründlich schimmert wie der Spiegel der Seele … oookay, du merkst es selbst, Kim Jülich: Vielleicht hast du an manchen Stellen wirklich zu tief in den Schmalztopf gegriffen.

22:02

Haben uns abends im Hauptquartier getroffen, um zu quatschen, Kakao zu trinken, Muffins von Franzis Mutter zu essen und natürlich über den Anti-Amor zu reden. Immerhin haben wir jetzt etwas von ihm: das Taschenmesser, das er am Amor-Brunnen verloren hat. Es ist ein Schweizer Taschenmesser, dunkelrot mit einem kleinen, weißen Kreuz darauf. Viele Menschen besitzen so ein Modell, mein Vater zum Beispiel auch. Es ist sehr praktisch, weil man alles Mögliche aus ihm herausklappen kann: eine kleine Feile, einen Korkenzieher, eine Lupe … und eben ein Messer. Ich erinnerte mich plötzlich.
„Hey! Kalle hatte mich mit so einem Messer aus dem Kostüm rausgeschnitten!“
Marie und Franzi wechselten einen verdutzten Blick.
„Rausgeschnitten? Das hast du uns ja noch gar nicht erzählt!“, grinste Franzi.
Zu Recht, wie ich augenrollend feststellte, als Marie und Franzi nach meiner Erzählung in schallendes Gelächter ausbrachen. Zugegeben, die Vorstellung, in einem Deko-Shop in einem überdimensionalen Herzkostüm aus Plüsch stecken geblieben zu sein, war schon ganz witzig. Wenn es einem nicht selbst passiert war!

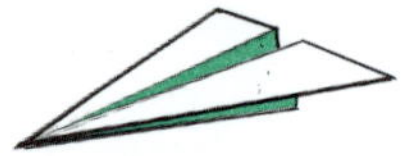

Ich verschränkte die Arme. „Okay, wenn ihr fertig seid, habt ihr dann noch etwas beizutragen?“
Da schlug Marie sich plötzlich vor die Stirn und meinte, dass sie uns das Wichtigste ja noch gar nicht erzählt habe. Unglaublich: Der Anti-Amor geht jetzt auch an MARIES Schule um! Auch am Heinrich-Heine-Gymnasium hat es einen Anschlag gegeben, auf einen Jungen namens Justus, der vor drei Tagen seine Freundin Beatrice verlassen hat. Irgendjemand hat seine Haargel-Dose mit Klebstoff aufgefüllt, als er gerade im Sportunterricht war.

„Und ratet mal, was Justus in der Jungenumkleide unter der Bank gefunden hat?“, fragte Marie triumphierend.
Ich wusste es schon und Franzi auch. „Ein rotes Origami-Herz!“, riefen wir gleichzeitig.

Das waren wirklich interessante Neuigkeiten: Der Anti-Amor erweitert seinen Einzugsbereich! Das Geschäft mit der enttäuschten Liebe scheint ja gut zu laufen für ihn … Wir müssen ihn unbedingt aufhalten, bevor noch mehr passiert!

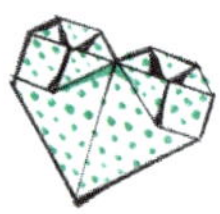

31. MÄRZ
18:45

Die Ereignisse überschlagen sich: Marie hat heute eine wahnsinnige Entdeckung gemacht! Sie hat durch Zufall herausgefunden, dass Kalle, bevor er zu uns kam, das Heinrich-Heine-Gymnasium besucht hat. Und nicht nur das: Kalle ist dort rausgeflogen – wegen Diebstahls! Angeblich, so Justus, Maries Mitschüler, habe er die Klassenkasse gestohlen. Ich war nach dieser Neuigkeit ganz zittrig und konnte Kalle beim Tanzunterricht kaum in die Augen sehen. Alles passt zusammen: Kalle, Tanzpartner des Grauens und Romantikfeind, hat in der Vergangenheit Geld gestohlen. Was, wenn er sich jetzt für seine Dienste als Anti-Amor bezahlen lässt? Ich meine:

- Kalle, der sonst immer pleite war, hat plötzlich Geld für neue Turnschuhe.
- Kalle hasst „Liebeskram".
- Kalle schmiert gerne mit einem schwarzen Filzstift herum.
- Kalle war am Heinrich-Heine-Gymnasium, geht jetzt auf die Georg-Lichtenberg-Gesamtschule – und an beiden Schulen treibt der Anti-Amor sein Unwesen.
- Kalle besitzt ein Schweizer Taschenmesser.

NO.

Er muss es sein! Hat er etwa das Auto meiner Eltern sabotiert … wegen mir? Weil ich ihn nerve? Oder weil ich ihm zu nahe gekommen bin? Immerhin bin ICH die ermittelnde Detektivin im Fall Anti-Amor! War das mit dem Auto meiner Eltern etwa … eine anonyme Drohung?! Verrate mir bitte eines, mein treues Tagebuch: Warum fühlen sich diese Gedanken so schmerzhaft an? Kalle ist mir doch egal.

April

01. APRIL

08:10

Kalle hat mir geschrieben und mich vor die Schule bestellt. Es klingt ziemlich wichtig.

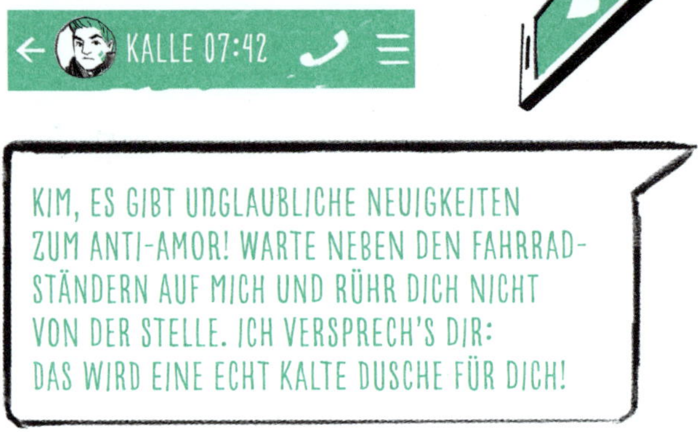

Komische Ausdrucksweise, aber ich lasse mich mal überraschen …

10:20

Habe ich schon mal erwähnt, dass Kalle der letzte Mensch auf diesem Planeten ist?! Ich habe keine drei Minuten neben den Fahrradständern gewartet, als mich plötzlich ein Schwall Wasser getroffen hat. Kalle hat tatsächlich eine Wasserbombe aus dem zweiten Stock geworfen. Seine Idee von einem Aprilscherz! Ich hasse es einfach, wenn Leute Aprilscherze machen (weil ich immer drauf reinfalle …). Musste mich minutenlang mit einem von Franzi geliehenen Handtuch trocken rubbeln und bin zu spät zu Mathe gekommen. Was zur Folge hatte, dass ich spontan an die Tafel musste. Super, Kalle!

02. APRIL
16:34

Nach kurzer Beratung im Hauptquartier haben wir heute beschlossen, die Fingerabdrücke auf dem Schweizer Taschenmesser mit Kalles abzugleichen. Jetzt muss ich nur an einen Gegenstand kommen, der ihm gehört, und wir wissen endgültig Bescheid. Ich sag nur eins: Kalles schwarzer Filzstift ist fällig!

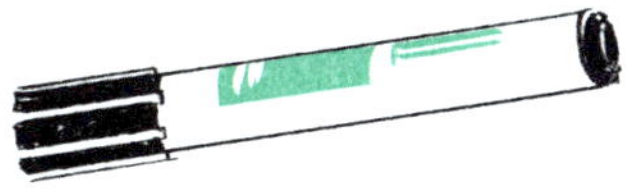

03. APRIL
20:20

Seltsam, wie sich manchmal von heute auf morgen alles ändern kann. Wenn mir gestern jemand gesagt hätte, dass ich und Kalle … Aber von vorne: Heute war ein merkwürdiger Tag! Alles begann um 16 Uhr 30 mit meinem zweiten Blind Date im Lomo. Ich hatte mich extra gut sichtbar an einem Tisch am Fenster platziert, um die Straße im Blick zu haben und notfalls die Flucht anzutreten. Nicht, dass es wieder eine unschöne Überraschung gab wie mit Robin. Wobei das ja eher Zufall gewesen war und nicht wirklich Maries Schuld. Trotzdem, ich wollte es nicht darauf ankommen lassen. Dabei hatte ich ganz vergessen, dass das Lomo seit Neustem auch einen Hintereingang hat über die Terrasse. Ich bin fast an die Decke gegangen vor Schreck, als mir plötzlich jemand auf die Schulter tippte. Ich drehte mich um. Vor mir stand ein Typ, der aussah, als hätte ihn jemand direkt aus Maries Träumen ins Café Lomo gebeamt: blonde Wuschelhaare, himmelblaue Augen … und eindeutig, definitiv zu ALT für mich. Mindestens 17! Ich wusste gar nicht, was ich sagen sollte, als er mir eine rote Rose hinhielt und mich fragte, ob ich

Kim sei. In einem plötzlichen Anflug von Panik sagte ich, dass ich nicht Kim sei, sondern … „Kimberly?“ Den Decknamen hatte ich schon einige Male bei unseren Ermittlungen verwendet.

„Aber diese Kim, von der du sprichst, die kommt sicher auch gleich! Hört sich nach einem sehr netten, klugen Mädchen an, diese Kim …“, brabbelte ich drauflos.

Der Junge runzelte die Stirn. Er fragte, ob ich sicher nicht Kim sei, mit der er um 16 Uhr 30 verabredet war und die er an der roten Rose erkennen sollte, die vor ihr auf dem Tisch lag? Er deutete auf die rote Rose, die vor mir auf dem Tisch lag. Mist, daran hatte ich nicht gedacht!

„Welche Rose?“, fragte ich unschuldig. „Ach, die Rose! Die lag hier schon.“

Der Junge zog die Augenbrauen zusammen. Er glaubte mir nicht. Immerhin war er klug. Aber wie gesagt: zu alt. Ich musste dringend raus aus dieser Situation! Ich schubste die Rose mit meinem Ellbogen vom Tisch.

„Ups!“, sagte ich. „Meine Rose!“ Der Junge bückte sich, um sie aufzuheben. Diesen Moment nutzte ich zur Flucht! Ich rannte einfach direkt zur Tür, drückte mich an zwei hereinkommenden Mädchen vorbei, bog um die Straßenecke … und da sah ich ihn, auf der anderen Straßenseite: Kalle!

Ich muss hier weg …

Er trug einen Rucksack und schlüpfte gerade aus dem Hintereingang eines kleinen Supermarktes. Er sah sich um, nahm sein Fahrrad aus dem Ständer und ging das Fahrrad schiebend davon. Dabei pfiff er vor sich hin. Verdächtiger geht’s ja wohl nicht! Hatte der etwa schon wieder was geklaut? Ich bin natürlich sofort hinterher! Einmal Detektivin, immer Detektivin. Ich bog um die nördliche Ecke des Lomo … und rannte dabei

beinahe meinen eigenen Vater über den Haufen.
„Kim! Was machst DU denn hier?", rief er überrascht.
Ich warf einen hektischen Blick über seine Schulter:
Ich durfte nicht zulassen, dass Kalle mir entwischte. Ich nahm Papas Ärmel und zog ihn ein Stückchen mit mir die Straße runter. Hinter Kalle her.
„Was ich hier mache, Papa? Das Lomo ist doch mein Lieblingscafé. Ich bin so gut wie immer hier. Die Frage ist: Was machst du hier?"
„Ich wollte endlich diese Schachtel Pralinen für deine Mutter kaufen, die ich ihr seit dem Valentinstag schulde."
Wow. Da war aber jemand spät dran!
Papa grinste. „Ich wollte zu Kranichsteiner. Vielleicht kannst du mir ja bei der Auswahl helfen?"
Ich? Schlechte Idee! „Papa? Ich muss jetzt echt weiter, das machst du schon!"
Mein Vater legte bittend die Hände zusammen. Er blieb vor der Tür von Kranichsteiners stehen und sah mich flehend an. „Es dauert nur eine Minute: Champagnerfüllung oder Eierlikör?"

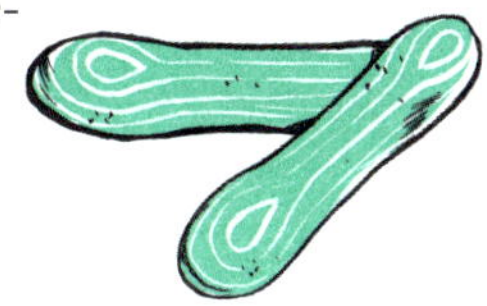

Ich sah aus dem Augenwinkel, wie Kalle sich immer weiter entfernte. „Keines von beidem!", rief ich.
„Mama liebt Katzenzungen, das weißt du doch!"

„Richtig." Papa schlug sich vor die Stirn. „Danke, ich werde immer so nervös, wenn ich für Brigitte, also deine Mutter, ein Geschenk … Kim?"
Ich war einfach weitergelaufen.
„Bis heute Abend, Papa!", rief ich über die Schulter, dann wischte ich um die nächste Ecke.

Mist, Mist, Mist: Kalle hatte sich in Luft aufgelöst! Zumindest dachte ich das, aber dann erkannte ich seinen wilden Haarschopf hinter eine Gruppe Touristen, die gerade aus einem Reisebus ausgestiegen waren. Ich bahnte mir meinen Weg durch die Menge und bald war ich Kalle wieder dicht auf den Fersen. So dicht, dass es mir zum Verhängnis wurde …

Denn plötzlich lehnte er das Fahrrad an einen Bretterzaun und kletterte durch ein Loch auf eine verlassene Baustelle und war weg. Ich sah mich überall um: Bagger. Betonmischer. Der Rohbau eines Hauses. Kein Kalle. Dachte ich zumindest. Aber dann drehte ich mich um – und er stand direkt hinter mir. Ich schrie leise auf!

„Warum folgst du mir?" Seine Augenbrauen waren zusammengezogen.

Ich schluckte. Jetzt musste mir eine gute Ausrede einfallen. Warum hatte ich nur so dicht an seinen Fersen geklebt? Er musste mich bemerkt und auf diese verlassene Baustelle gelockt haben – wo niemand mich hören konnte und es keine Zeugen gab, wenn der Anti-Amor …

„Ruhig, Kim Jülich", sagte ich mir. „Nicht gleich das Schlimmste vermuten, dein Leben ist kein Krimi! Zumindest … nicht immer?!"

Ich warf mein Haar zurück und fing an mit meiner Ausrede. Sie handelte von einem verwechselten Bus und einer verlegten Buskarte und davon, dass der Rohbau meinen Eltern gehörte, kurz gesagt: Ich glaubte mir selbst KEIN Wort!

Kalle natürlich auch nicht. Er ist gar nicht so doof, wie er manchmal tut. Er bot mir grinsend an, mich auf seinem Fahrrad heimzubringen. Weil ich doch keine Buskarte hätte und so was. Ich wusste, es war ein Test, aber ich kam aus der Nummer nicht mehr raus. Lieber setzte ich mich auf Kalles Fahrrad, als zuzugeben, dass ich ihn verfolgt hatte! Also willigte ich

ein, nahm auf seinem Gepäckträger Platz und hielt mich an seinen Schultern fest. Oh Mann. Wir sahen aus wie ein Paar. Ein LIEBESpaar. Wie peinlich! Zum Glück sah uns niemand, als wir über die verlassene Baustelle radelten, in eine schmale Gasse voller Müll, an einem Maschendrahtzaun vorbei, an rostigen Schienen voller Löwenzahn, verlassenen Gebäuden mit eingeschlagenen Fenstern …

„Wohin bringst du mich?", fragte ich irritiert.

Genau in diesem Moment klingelte Kalles Handy. Kalle ging natürlich ran, sehr zu meinem Missfallen. Das Fahrrad wackelte bedenklich.

„Telefonieren am Steuer, was?" Ich konnte es mir nicht verkneifen.

Kalle gab keine Antwort, stattdessen rief er in sein Handy: „Was? Ich bin gleich da, rührt nichts mehr an!“ Er schob das Handy wieder in seine Hosentasche und trat fester in die Pedale. Mit mir hintendrauf!
„Wir müssen einen kleinen Umweg zu mir nach Hause machen!“, war seine einzige Erklärung.
Mir blieb nichts anderes übrig, als mich festzuhalten. Kalle bog in eine heruntergekommene Straße ein, die von Wohnhäusern gesäumt war, die eher wie Gartenschuppen aussahen. Kalle lenkte das Fahrrad auf einen Schrottplatz.
„Ich dachte, wir fahren zu dir nach Hause?“, fragte ich genervt.
Kalle sah mich nur an. Ich verstand. Das hier war sein Zuhause.
Oh!
Zwischen kaputten Fahrrädern, Autoreifen, ausrangierten Waschmaschinen und anderem Krempel hindurch liefen wir zu einer blau angemalten Baracke, vor der drei kleine Mädchen auf den Stufen saßen. Sie sahen total süß aus, wie Mäuse, und hatten die gleichen wuscheligen Haare wie Kalle. Nur waren sie barfuß. An einem Tag wie heute wirklich zu kalt.

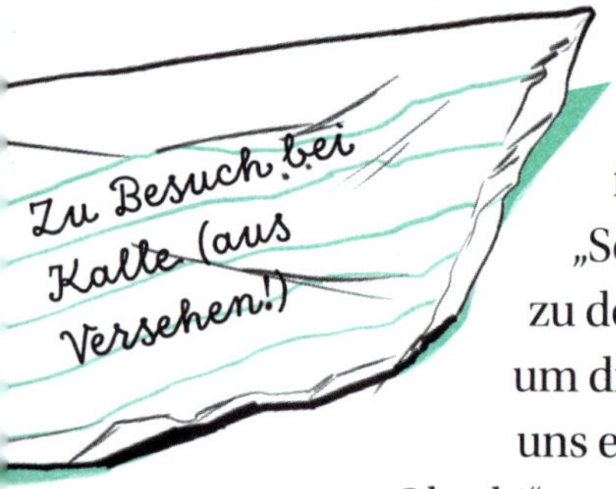

„Schuhe an, alle drei!“, war das Erste, was Kalle zu den Mädchen sagte, dann schob er sie zur Seite, um die Tür aufzustoßen. Ein Schwall Rauch quoll uns entgegen.
„Oh-oh!“, sagte eines der kleinen Mädchen und grinste zahnlückig.
Ich folgte Kalle in eine kleine, aber sehr gemütliche Wohnküche. Auf dem Herd brutzelte und rauchte eine Pfanne vor sich hin.
„Ich nehme mal an, das da draußen sind deine kleinen Schwestern“, sagte ich vorsichtig, „und sie haben dich vorhin angerufen, weil …“

„… weil sie sich selbst Spiegelei gemacht haben!“, vollendete Kalle den Satz und riss ein Fenster auf, um den Rauch rauszulassen. „Und dabei fast die Küche angezündet haben. Ich hab’s euch doch tausendmal gesagt: Wartet, bis ich heimkomme!“

Die drei kleinen Mädchen sahen sehr verlegen aus, wie sie sich da in der Tür rumdrückten. Kalle kratzte das verkohlte Spiegelei in den Mülleimer.

„Ich kann nix dafür! Lilly hatte Hunger!“, sagte das größte Mädchen und deutete auf das kleinste.

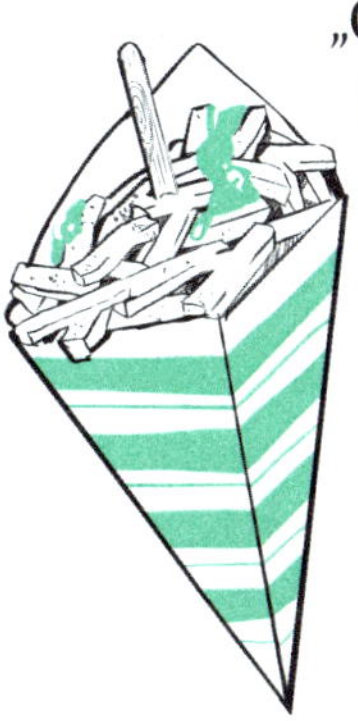

„Gar nicht wahr, wir hatten alle drei Hunger“, rief das kleinste Mädchen empört.

Kalle zog augenrollend eine Tüte mit Pommes und Burgern aus seinem Rucksack und stellte sie auf den Tisch. „Zufrieden?“

Die drei Mädchen jubelten und stürzten sich sofort darauf wie wilde Tiere. Pommes flogen nach allen Seiten. Ich beäugte die Tüte misstrauisch.

„Hast du die etwa aus dem Supermarkt … mitgenommen?“, fragte ich.

Kalle entging nicht, wie ich das formulierte. Als wäre er ein Dieb. Er verdrehte die Augen und schüttelte den Kopf. „Aus der Kantine, ja. Ich jobbe da, falls du es genau wissen willst.“

Daher also das Geld für die neuen Schuhe. Ich schluckte. Ich hatte ihm wohl unrecht getan.

„Was ist eigentlich los mit dir, Kim? Erst verfolgst du mich, dann diese komischen Fragen?“ Kalle verschränkte die Arme. „Du bist mir ein paar Antworten schuldig, oder?“

Da hatte er leider recht. Ich holte tief Luft und begann zu erzählen: vom Anti-Amor und unserem

Verdacht. Am Ende kam ich auf das Taschenmesser zu sprechen, das Franzi im Park gefunden hatte.
„Du dachtest, ich bin dieser Saboteur?", fragte Kalle überrascht. Er zog eine Schublade auf und zeigte mir SEIN Messer, das dort sicher verstaut lag. Sicher vor den Fingern seiner kleinen Schwestern, die inzwischen auf dem Sofa vor dem Fernseher lagen und sich einen Cartoon ansahen.
„Wie konntest du nur glauben, dass ich es bin?"
Ich zog verlegen die Schultern hoch. „Na ja. Du bist nicht gerade der romantischste Typ, oder?"
Kalle schaute auf seine Turnschuhe. „Ich habe einfach keine Zeit für so was …", murmelte er.
Wir unterhielten uns ein bisschen. Kalle ist ganz anders, als ich dachte! Er kann richtig nett sein. Und: Von wegen, der Typ übernimmt keine Verantwortung und macht nur Mist. Seine Mutter ist alleinerziehend, deshalb jobbt Kalle am Wochenende und neben der Schule, um seine Familie zu unterstützen. Er hat zwar zugegeben, dass er nicht an die Liebe glaube, weil seine Mutter jeden Monat einen neuen Freund habe. Aber er würde nie irgendwem den Fahrradreifen zerstechen. „Und dann auch noch für Geld. Das ist echt mies!"
Dann zeigte er mir sein Projekt, an dem er seit Wochen bastelt: eine Softeis-Maschine für den Schulball, zusammengesetzt aus Schrott. Sie sieht ziemlich wild, aber auch echt toll aus. Kalles Augen haben richtig geleuchtet, als er mir die verschiedenen Funktionen gezeigt hat. Man kann drei Sorten Eis auswählen und dann noch verschiedene Soßen. Ich schmolz geradezu dahin. Ein Junge, der Eismaschinen baut! Fast so toll, wie einen Konditor zum Mann zu haben, oder? Ruhig bleiben, Kim Jülich! Es ist

immer noch Kalle, von dem du hier redest. Chaos-Kalle. Sei vorsichtig! Wir saßen zusammen und redeten, bis es draußen dämmrig wurde und Kalle mir zum zweiten Mal an diesem Tag anbot, mich auf seinem Fahrrad heimzufahren. Diesmal wirklich. Ich nahm das Angebot an. Ich hatte das Gefühl, dass Kalle sehr vorsichtig fuhr und sich extra viel Zeit ließ. Was das wohl bedeutet …?

04. APRIL

10:42

Der Typ hat mich bei Marie verpfiffen? Pah! Ich wusste doch, dass er nichts für mich ist!

05. APRIL
17:18

Franzi, Marie und ich haben gerade im Hauptquartier über den Anti-Amor diskutiert. Sie sagen, ich hätte nicht genügend Beweise, um Kalle vollständig als Verdächtigen auszuschließen. Franzi machte mir richtig Vorwürfe: „Du warst bei ihm daheim! Warum hast du keinen Gegenstand mitgenommen, damit wir die Fingerabdrücke überprüfen können?"
Wie bitte? Das Taschenmesser gehört offensichtlich nicht ihm, er hat ein Alibi für alle Tatzeiten (entweder hat er gearbeitet oder er war bei seinen Schwestern) und … und … und … ich stammelte.
Marie und Franzi grinsten mich vielsagend an und behaupteten, meine untrügliche Schnüffelnase sei wohl an einem spontanen Anfall von Liebesschnupfen erkrankt. Liebesschnupfen? Erstens gibt es das nicht, und zweitens: Wollen die beiden etwa behaupten, dass ich auf Kalle stehe? Ich, Kim Jülich, Detektivin und Romantikerin, auf Kalle, Chaot und Tanzverweigerer? Niemals!
Ich beschloss, nichts mehr zu sagen, was sich auch nur annähernd nach … Liebesschnupfen anhörte. Aber dann fragte Marie mich, was denn eigentlich mit der gestohlenen Klassenkasse sei, dem Verbrechen, das man Kalle angelastet und für das man ihn von seiner alten Schule geschmissen hatte. Ich erklärte ihr, dass das ein Irrtum gewesen sei. Zwei andere Schüler hätten die Klassenkasse gestohlen und es dann Kalle in die Schuhe geschoben.

„Und weil Kalle ein paar Fehlstunden hatte und nicht der beste Schüler war, war er der perfekte Sündenbock. Keiner hat ihm geglaubt“, rief ich und ballte die Fäuste.

Marie und Franzi grinsten bis über beide Ohren. Ich ließ augenrollend die Fäuste sinken.

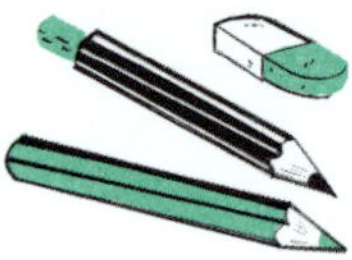

Trotzdem: Ich. Bin. Nicht. Verliebt. In. Kalle. Schluss. Aus.

07. APRIL

18:45

Tüdelüdelü, ich weiß nicht, was ich schreiben soll. Immer, wenn ich versuche, meine Gedanken zu sortieren, muss ich an IHN denken. Kalle. Nicht, weil ich verliebt bin. Nein, nein, nein. Sondern weil wir heute Tanzunterricht hatten und ausnahmsweise mal gelobt wurden. Zuerst von Herrn Nörres, der für den Bruchteil einer Sekunde

seine Augenbrauen hochgezogen hat (mehr Lob kann man von ihm nicht erwarten), und dann auch noch von Olivia. Okay, ich gebe zu: Sie hat eigentlich nur Kalle gelobt, weil sie ja bekanntlich ein bisschen auf ihn steht (im Gegensatz zu mir). Aber wir sind Tanzpartner, deshalb fällt das Lob ja wohl auch ein bisschen auf mich zurück, oder? Sogar Ayumi hat mir in der Pause einen Rippenstoß versetzt (aua!) und geflüstert, dass Kalle und ich „gut" zusammen aussehen.

Jetzt sitze ich hier und schreibe und weiß nicht, worüber. Wobei: Jetzt habe ich ja doch wieder über Kalle geschrieben. Ein Symptom des berühmt-berüchtigten Liebesschnupfens? Kann nicht sein!

Okay, ich werde einen Test starten: Wenn ich es schaffe, fünf Tage NICHT über Kalle zu schreiben, bin ich geheilt. Achtung, fertig: Los!

08. APRIL
22:18

Tanzunterricht gehabt. Hausaufgaben gemacht. Alles wie immer. Ich gehe jetzt ins Bett, bevor mir noch ein ganz bestimmter NAME aufs Papier rutscht … Pscht, Kim! Hör auf!

09. APRIL
21:35

Ein Samstag. Nichts gesehen, nichts gehört. Gute Nacht!

10. APRIL
15:10

Keine besonderen Vorkommnisse.

11. APRIL

22:46

Heute war ein schöner Tag. 18 Grad. Kein Regen. Alles gut, ich gehe ins Bett.

12. APRIL

18:05

Okay. Ich habe verloren. Was nicht bedeutet, dass ich in Kalle verliebt bin. Im Gegenteil: Er regt mich nur schon wieder so auf! Seit Olivia mit Malte Schluss gemacht hat (vorgestern, sagt Schleimi-Robin), hängt sie an ~~meinem~~ Kalle wie eine Klette. Was wäre die normale Reaktion auf so was? Sie wegzuschicken! Das habe ich auch zu Robin gesagt, aber er hat nur die Schultern gehoben und gesagt, Olivia sehe halt wirklich gut aus und sei nett und talentiert und … ich habe ihn einfach stehen gelassen!

13. APRIL

13:45

Den ganzen Erdkundeunterricht über BÖSE auf Kalles Rücken gestarrt. In der Pause Kalles schwarzen Filzstift aus seinem Rucksack gefischt und Fingerabdrücke genommen. Später im Hauptquartier Analyse durchgeführt. Er ist wirklich unschuldig. Zumindest, was die Amor-Sache angeht. Wenn ich kitschig wäre, würde ich jetzt schreiben, dass er mein Herz gestohlen hat. Wäre aber total übertrieben …

22:34

Meine Mutter hatte heute Abend gute Laune. Ich durfte länger wach bleiben und zwei komplette Liebesfilme mit ihr

anschauen, die sich an Kitsch in nichts nachstanden. Sie hat zwei Packungen Taschentücher durchgeheult und meinen Vater in die Flucht geschlagen. (Er hat, glaube ich, in seiner Werkstatt im Keller ein paar Uhren zusammengezimmert und sich dabei ein Krimihörspiel auf seinem alten Kassettenrekorder angehört.) Der Grund für Mamas gute Laune: Sie hat offensichtlich endlich die Schokolade bekommen, die mein Vater ihr schon so lange kaufen wollte. Katzenzungen, ihre Lieblingssorte.
„Er hat sie mir draußen auf die Fußmatte gelegt! Süß, oder? Wie früher, als wir noch Studenten waren. Beziehungsweise: als ich noch Studentin war und er bei diesem Uhrmacher in die Lehre gegangen ist.“ Meine Mutter verlor sich in Erinnerungen, was es schwer machte, dem Liebesfilm zu folgen.
„Wir waren unzertrennlich damals, weißt du? Dagmar, dein Vater und ich. Die besten Freunde …“ Ich wurde hellhörig.

„Dagmar? Du meinst: Dagmar Schuster-Rübli?“, fragte ich überrascht. Meine Mutter nickte: Anscheinend hatte sie sich damals mit Dagmar Schuster-Rübli (meiner Direktorin!) ein Zimmer im Studentenwohnheim geteilt. Für ein halbes Jahr, bevor meine Mutter ihren Abschluss machte.
„Mama, warum erfahre ich das erst jetzt! Leg doch mal ein gutes Wort für mich ein beim Elternabend. Alte Zeiten und so …“, witzelte ich. Meine Mutter ging leider nicht darauf ein. Stattdessen erzählte sie mir, dass Dagmar schon als Studentin im ersten Semester sehr beliebt gewesen sei und viele Verehrer gehabt hätte. Unter anderem Herrn Nörres. Die beiden waren sogar mal ein Paar! Aber dann hat

sie sich doch für einen anderen entschieden, und dann wieder für einen anderen, und … sagen wir mal so: Herr Rübli aus der Schweiz ist ihr dritter Ehemann.
„Aber besser spät als nie!", sagte meine Mutter und machte den Fernseher lauter. Eine ihrer Lieblingsszenen bahnte sich an. Natürlich waren ein Ruderboot und ein Sonnenuntergang involviert. „Theodor … Herr Nörres ist jedenfalls immer noch sehr besorgt um Dagmar, vor allem, seit an der Schule diese Dinge passieren", sagte sie abschließend. „Im Grunde ist er ein guter Kerl. Ich glaube, sie hat immer noch einen Platz in seinem Herzen."
Soso. Auch Erdkunde-Nörres war also mal verliebt …

14. APRIL
20:16

In der Schule war heute nichts Besonderes los. Frau Schuster-Rübli hatte allerdings Geburtstag und ihren frischgebackenen (haha!) Ehemann, den Schweizer Konditor, dazu gebracht, Cupcakes für die Schulkantine zu backen. Rübli-Cupcakes, mit einer extra dicken Schicht rosa Zuckerguss.
Es war himmlisch! Franzi und ich haben jede mindestens drei verdrückt, und dann hat Franzi gesagt, sie fühlt sich viel zu vollgefressen für ihr Eiskunstlauftraining. Sie wollte schwänzen, aber Olivia hat sie gesehen und einfach mitgenommen. Ich bin noch geblieben. Irgendwer MUSSTE ja diese armen Cupcakes essen, oder? Gerade, als ich beschloss, ein paar für Marie einzupacken, fiel mein Blick auf Herrn Nörres. Er starrte die Cupcakes an, als wolle er sie … zu Rübli-Mus zermatschen! Ich übertreibe nicht. Ich habe ihn noch

nie so missgelaunt gesehen, und das will was heißen! Als Frau Schuster-Rübli ihm ganz unschuldig einen Cupcake angeboten hat, hat er ihn genommen und unauffällig in einem Blumentopf verschwinden lassen. Unglaublich! Staubtrocken im Unterricht, allergisch gegen Schulbälle im Allgemeinen und Rübli-Cupcakes im Besonderen: Herr Nörres ist ein wahrer Sonnenschein – und das meine ich jetzt ironisch!

15. APRIL

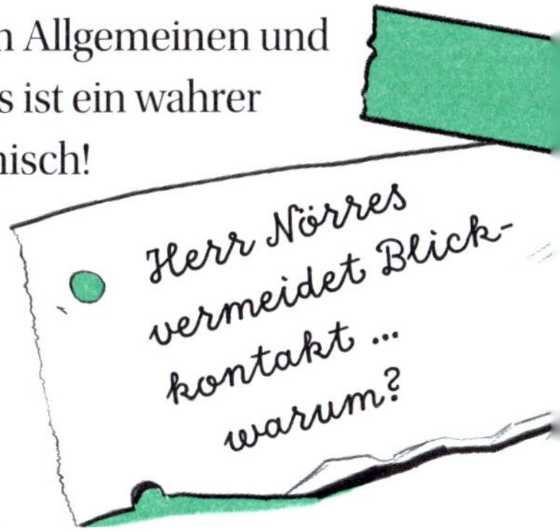

11:25

Ich sitze auf dem Pausenhof unter der großen Platane und beobachte Herrn Nörres dabei, wie er eine Mandarine schält. Er geht sehr gewissenhaft vor. Fast so, als wolle er es vermeiden, Frau Schuster-Rübli in die Augen zu sehen, die vor ihm steht und irgendwelche Schulball-Sachen mit ihm bespricht. Könnte es sein, dass auch Herr Nörres den Anti-Amor beauftragt hat, um Frau Schuster-Rüblis Rosen zu köpfen …? Ist er vielleicht immer noch verliebt in sie? Wobei: Eigentlich ist das unwahrscheinlich! Herr Nörres ist so altmodisch, dass er nicht einmal ein Handy besitzt, und von Benni und Louis wissen wir, dass man den Anti-Amor nur über einen geheimen Chat aktivieren kann. Es wird Zeit, dass wir dem Anti-Amor eine neue Falle stellen! Ich hab auch schon eine Idee, wie wir das anstellen können …

17:30

Meine Idee, Franzi und Leo als Lockvögel zu aktivieren, stieß nicht gerade auf Begeisterung. Leo ist so verknallt in Franzi, dass er nicht einmal SPIELEN möchte, dass er wütend auf sie ist! Aber genau das ist mein Plan: Leo loggt sich als

„Liebesopfer" in Anti-Amors Chat ein und setzt ihn auf Franzi an. Und wenn Anti-Amor zuschlägt, werden wir (die drei !!!) ihm auflauern und das Handwerk legen.

Franzi wandte ein, dass sie ja schon einmal das Opfer des Anti-Amors gewesen sei.

Da hatte sie natürlich recht!

„Planänderung", sagte ich. „Franzi, DU beauftragst den Anti-Amor und hetzt ihn auf Leo. Was hältst du davon?"

„Nichts!" Franzi wurde richtig wütend. „Das ist total gefährlich, Kim. Der Typ operiert offensichtlich mit Taschenmessern und sabotiert Autos. Wir wissen nicht, zu was er noch fähig ist. Ich werde nicht zulassen, dass Leo in Gefahr gerät!"

Leo hat Franzi ganz verliebt angeschaut, als sie so für ihn in die Bresche gesprungen ist. Liebeszombies, alle beide! Aber ich konnte Franzis Bedenken gut verstehen. Ich erklärte ihr, dass das alles Teil meines Plans sei: Sie würde dem Anti-Amor im Chat ganz genau erklären, was er tun solle. Nur so könnten wir ihm zuvorkommen und ihn in flagranti erwischen.

„Wir werden ihn filmen", sagte ich und hob die Kamera hoch, die ich mir von meinem Vater geliehen hatte. „Und dann haben wir den Beweis. Was haltet ihr von meiner Idee? Gut?"

Franzi hielt die Idee nicht für gut. Die Entscheidung wurde vertagt. Mist, Mist, Mist. Anders geht's doch nicht!

16. APRIL

18:30

Endlich! Marie und ich haben mit Engelszungen auf Franzi eingeredet und sie so weit gebracht, unserem Plan zuzustimmen. Leo war dann auch gleich dabei, denn: Was Franzi will, will Leo auch. Fast ein bisschen anstrengend, so angehimmelt zu werden, oder? Aber solange Franzi glücklich ist ... Marie hat heute Gesangsunterricht, das heißt, wir treffen uns morgen Abend im Hauptquartier, um uns in Anti-Amors geheimen Chat einzuloggen. Benni schickt mir noch die Details rüber. So aufregend!

17. APRIL

19:30

HTTPS://144.763.272.367.01/MR.ANTI-AMOR@WOLKE7_0278998ZKJFGL

21:35

An dieser Stelle hob Franzi Winkler, alias „SadGirl78", den Kopf und sah uns fragend an.

„Was schreibe ich ihm denn jetzt? Kim, wir machen das mit der Spinnenphobie, oder? Übernimmst du mal?"

Ich nickte und zog den Laptop zu mir heran, um als Franzi,

alias „SadGirl78", weiterzuschreiben. Marie und Franzi sahen mir dabei über die Schulter. Ich war ein bisschen nervös, als ich tippte …

LEO, MEIN EX, HAT PANISCHE ANGST VOR SPINNEN. NACH DER SCHULE TRAINIERT ER …

SADGIRL78, BIST DU ALLEINE?

Marie, Franzi und ich wechselten bestürzte Blicke. Er wurde misstrauisch, was vermutlich daran lag, dass ich so eine lange Pause gemacht hatte. Ich erstarrte! Marie schnappte sich den Laptop:

NATÜRLICH! ICH WÜRDE VOR NIEMANDEM ZUGEBEN, WIE TRAURIG LEO MICH GEMACHT HAT!

DAS GLAUBE ICH. ALSO, WAS HAST DU MIT IHM VOR?

WIE GESAGT, ER HASST SPINNEN. VIELLEICHT KANNST DU IHM AM MONTAG IN DER MITTAGSPAUSE EINE KLEINE ÜBERRASCHUNG BEREITEN? ER TRAINIERT MEISTENS NOCH IN HALLE B, AN DER KLETTERWAND.

HALLE B DER GEORG-LICHTENBERG-GESAMTSCHULE?

JA. WIR HABEN ZWEI TURNHALLEN. HALLE B LIEGT DIREKT NEBEN DEM HAUPTGEBÄUDE.

Marie lehnte sich zurück. Wir warteten einen Moment, mit klopfenden Herzen. Dann:

IN ORDNUNG. LAD MIR EIN FOTO VON LEO HOCH. 60 €, WENN DIE AKTION KLAPPT. UND: KEIN WORT ZU NIEMANDEM! SONST KRIEGST DU DEN PFEIL DES ANTI-AMORS AM EIGENEN LEIB ZU SPÜREN, SADGIRL78.

Mit diesen Worten loggte er sich aus. Wir sahen uns an. Marie ließ die Luft aus den Backen. „Puuuh, das war ganz schön intensiv! Ich könnte jetzt echt einen heißen Kakao vertragen!"
„Und ich eine Extraportion Power. Eins!"
Ich streckte meine Hand aus.
„Zwei!", rief Marie und legte ihre Hand auf meine.
„Drei!", fiel Franzi mit ein und dann warfen wir unsere Hände hoch: „Power!!!"
Marie sah verschwörerisch in die Runde. „Morgen schnappen wir ihn uns, Mädels! Ganz bestimmt!"
Ich hoffe so sehr, dass Marie recht behält …

18. APRIL

11:30

In der Mittagspause, um 14 Uhr, steigt endlich „Aktion Anti-Amor". Ich habe Kalle spontan gefragt, ob er auch dabei sein will. Je mehr wir sind, desto besser, finde ich.

18:35

„Aktion Anti-Amor" ist vorbei … aber leider wieder mal ganz anders als geplant. Zuerst lief alles noch gut: Wir haben uns mit der Kamera auf der Tribüne platziert, von der aus man Halle B ganz gut beobachten kann. Normalerweise sitzen hier die Eltern bei Sportfesten oder Aufführungen. Leo hat sich wie besprochen unten an den Klettersprossen zu schaffen gemacht, und Kalle, Marie und ich haben gewartet und gewartet und gewartet … und dann haben wir plötzlich einen gellenden Schrei gehört! Nicht aus Halle B, sondern aus Halle A: direkt daneben. Wir sind sofort losgerannt. Franzi war die Erste an der Tür. Sie hat sie aufgestoßen … und ist so abrupt stehen geblieben, dass wir anderen fast in sie reingerannt sind. „Das gibt es doch nicht!", hat Franzi geflüstert. Marie und ich sahen über ihre Schulter. Der Anblick, der sich uns bot, war … oh, meine Mutter ruft zum Essen.

20:02

So, ich bin wieder da. Wo war ich? Ach ja: Der Anblick, der sich uns bot, war … schrecklich! Olivia saß in ihrem hellblauen Eislauftrikot am Boden, ihre Skates an den Füßen und kreidebleich im Gesicht. Offenbar hatte sie gerade ein kleines Einzeltraining durchgeführt, als plötzlich … Spinnen unter der Tür zum Geräteraum hindurchgekrabbelt waren. Olivia ekelt sich vor Spinnen, seit sie als kleines Mädchen aus Versehen eine gegessen hat. Sie hat letztes Jahr sogar Herrn Nörres' großes Schulexperiment sausen lassen, weil er das Fangverhalten von Spinnen untersuchen wollte. Kein Wunder, dass sie sich erschreckt hat, als plötzlich Spinnen über den Boden der Turnhalle krabbelten. Olivia ist vor Schreck ausgerutscht und auf ihren Ellbogen gefallen. Franzi hat ihn sofort untersucht, aber zum Glück war er

weder gebrochen noch verstaucht. Olivia hatte wahnsinniges Glück. Das hätte auch schiefgehen können! Die Spinnen (kleine, schwarze Krabbelviecher von der eher ungefährlichen Sorte) wuselten inzwischen überall in der Halle herum.
„Wir haben doch gesagt, Halle B!", murmelte Franzi verärgert. „Er muss irgendwas verwechselt haben …" In diesem Moment hörten wir ein Geräusch hinter uns! Wir fuhren herum – und zuckten zusammen! Oben auf dem Balkon von Halle A stand eine vermummte Gestalt mit einem Sack in der Hand. Sie hob ihn hoch … und ließ einen ganzen Schwall roter Origami-Herzen auf uns herunterregnen!
„Den schnappe ich mir!" Franzi rannte sofort los, Marie und ich hinterher. Im Laufen schaltete ich die Kamera ein. Jetzt oder nie! Diese Chance würde sich vielleicht nicht noch mal bieten. Wir rannten durch den Gang, an den Umkleiden vorbei und zur Tür raus. Der Anti-Amor war uns ein ganzes Stück voraus, er rannte quer über den Schulhof Richtung Straße und war drauf und dran, das Schulgelände zu verlassen. Er war relativ groß, was auf einen Jungen schließen lässt. Franzi gab alles und hätte den Typen wohl auch erwischt – kurz vor der Straße ist er nämlich über einen herumliegenden Fußball gestolpert und hingefallen – aber da packte sie plötzlich eine Hand am Kragen und hielt sie zurück. Es war (im unpassendsten Moment!) Frau Schuster-Rübli. Sie hielt Franzi eine Standpauke darüber, dass das Verlassen des Schulgeländes zur Unterrichtszeit verboten sei. Natürlich hatte sie keine Ahnung, dass sie hier gerade unsere Ermittlungen vereitelt hatte. Als wir versuchten, es ihr zu erklären, runzelte sie nur die Stirn und meinte, dass unsere Bemühungen zwar ehrenhaft seien, sie es aber nicht für klug halte, sich so intensiv „reinzuhängen". Irgendwann werde diesem Saboteur schon langweilig werden, meinte sie, und dann

höre er von alleine auf. Die hat gut reden! Wir trotteten geschlagen zurück zu unserem jeweiligen Nachmittagsunterricht, während Marie (als Einzige schulfremd) versuchte, die Fährte des Anti-Amors aufzunehmen und ihn zu verfolgen. Leider erfolglos. Zumindest haben wir jetzt zwei neue Anhaltspunkte: Anti-Amor ist groß, vermutlich ein Junge – und er hinkt seit Neustem! Franzi hat gesehen, wie er sich nach seinem Sturz aufgerappelt hat und davongehumpelt ist. Wer weiß, vielleicht wird ihm das früher oder später zum Verhängnis?

20. APRIL

13:11

Olivia ist seit dem Anschlag auf ihre Person ein kleiner Promi und wird von allen auf Händen getragen. Unfair. Sie ist schließlich nicht die Erste, die dem Anti-Amor zum Opfer gefallen ist! „Aber", so redet Robin sich raus, der ein Exklusiv-Interview mit Olivia für die Schülerzeitung plant, „Olivia ist das erste pressetaugliche Opfer des Anti-Amors. Sie wird einfach gut aussehen auf der Titelseite!"
Ich fasse es nicht!

19:30

Die Zwillinge sind krank. Offenbar Magen-Darm-Grippe. Bitte, bitte steckt mich nicht an!

21. APRIL

14:30

Die Zwillinge haben mich angesteckt. Liege jetzt im Bett mit einem Eimer neben mir und kann kaum den Stift halten. Ich werde ihn jetzt weglegen, um zu gesunden. Das kann ein paar Tage dauern. Franzi und Marie bringen mir nachher Krimihörspiele.

24. APRIL

15:07

Nach drei Tagen Bettruhe kann ich jetzt einigermaßen wieder schreiben. Krank sein ist eklig! Man muss zwar nicht zur Schule, aber dafür geht es einem mies. Die ganze Zeit. Ich muss sagen, meine Mutter hat sich rührend um mich gekümmert und mir jeden Tag Tee und irgendwelche magenschonenden Suppen gekocht. Außerdem kann sie offenbar auch Origami falten. Sie hat es mir beigebracht, während sie an meinem Bett saß. Zumindest theoretisch, ich war ja zu schwach zum Mitmachen. Sie ist echt gut! Was man so alles über seine Mutter erfährt, wenn man mal krank ist …

26. APRIL

13:05

Heute wieder in der Schule gewesen. Danach Tanzunterricht mit Kalle. Herr Nörres ist krankgeschrieben, aber Olivia war da. Sie war gar nicht erfreut über meine Genesung, die blöde Kuh. Warum? Weil sie in meiner Abwesenheit mit Kalle getanzt hat … Tja, Pech gehabt, Olivia!

19:50

Gerade auf Bestellung einen neuen Brief für Maries geheimnisvollen Unbekannten geschrieben. Sie sagt, sie sei schon lange nicht mehr so verknallt gewesen in jemanden. Huch! Es wird ernst!

27. APRIL

16:45

Ich bin total kaputt: Olivia hat mich heute ganz schön durchgepeitscht im Tanzunterricht. Nichts war ihr recht und ich

musste dauernd von vorne anfangen … alleine, wohlgemerkt, beziehungsweise mit Herrn Nörres' Besenstiel! Olivia hat behauptet, dass Kalle „weiter“ sei als ich. Sie hat mit ihm getanzt, während ich mit dem Besenstiel noch mal die Grundschritte für Wiener Walzer üben musste. Ich hasse sie! Bin fast versucht, den Anti-Amor anzuschreiben und zu fragen, wo er die Spinnen herhatte …

21:15

Ich sitze in meinem Zimmer, lerne für den Erdkundetest morgen und fühle mich beobachtet: Meine Mutter hat sich mit ihrem Buch in mein Zimmer geflüchtet und sitzt jetzt auf dem Sessel beim Fenster. Warum? Sie hatte mal wieder Streit mit meinem Vater. Offenbar ging es darum, dass er ihr „zu viele“ Katzenzungen geschenkt habe.

„Wenn ich ständig Katzenzungen bekomme, ist es doch auch nichts Besonderes mehr!“, hat sie sich bei mir beklagt. Mein Vater habe auch noch die Frechheit besessen, sich nicht zu erinnern, wann er ihr das letzte Mal Katzenzungen geschenkt habe. Er habe behauptet, heute sei „das erste Mal“ gewesen. Meine Eltern sind manchmal wirklich seltsam! Ich hoffe nur, meine Mutter fängt nicht an zu heulen. Sie liest nämlich gerade einen hochromantischen Liebesroman, und da ist sie ähnlich nah am Wasser gebaut wie bei Liebesfilmen!

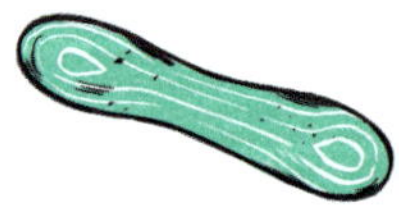

21:30

Meine Mutter heult vor lauter Romantik. Ich musste sie leider rausschicken. Sorry, aber so kann ich nicht lernen! Sie hat das verstanden, immerhin ist sie Lehrerin. „Lern du nur!“, hat sie geschnieft.

28. APRIL

17:00

Zurzeit haben wir in der Schule wirklich nichts zu lachen! Nicht nur lassen alle Lehrer gleichzeitig Tests schreiben, sie geben uns auch haufenweise Hausaufgaben auf. Allen voran Herr Nörres: Je näher der Tag des Schulballs rückt, desto grantiger wird er. Dabei dauert es noch über einen Monat bis dahin! Er sagt, wir müssten alles nachholen, was wir in seiner Abwesenheit verpasst hätten. Das hatte ich ja schon mal kurz erwähnt: Herr Nörres war krank, als ich auch krank war. Was genau er hatte? Keine Ahnung! Mich nervt es nur, dass es anscheinend schon wieder eine Gemeinsamkeit zwischen uns gibt!

29. APRIL

09:17

Sitze auf dem Pausenhof und beobachte Kalle und Olivia, die sich an der Tischtennisplatte unterhalten. Malte sitzt ein Stück von mir entfernt auf einer Bank und beobachtet die beiden ebenfalls. Es wirkt fast so, als wären wir eifersüchtig. Malte ist es ja auch. Ich nicht! Warum auch? Kalle ist nicht mein Freund. Trotzdem würde ich gerne wissen, was er an Olivia findet. Seit die beiden getanzt haben, sind sie irgendwie so … dicke miteinander. Als hätten sie sich angefreundet oder noch schlimmer. Wenn Kalle mit mir tanzt, ist er zwar wie immer, aber … ich weiß nicht, warum es mich so stört, dass er sich so gut mit Olivia versteht. Sie mögen anscheinend beide Wintersport. Hat Kalle gesagt. Entschuldigung? Viele Menschen mögen Wintersport! Kein Grund, gleich zu heiraten, oder?! Außerdem, ich geh im Winter auch mal ganz gern rodeln. (Wenn es irgendwo einen Sessellift gibt und eine Hütte mit Punsch.)

19:45

Ich lese mir gerade meinen letzten Eintrag durch und frage mich: „Wer bist du, Kim?“ Wenn ich es nicht besser wüsste, würde ich bei mir selbst einen Anfall von „Liebesschnupfen“ diagnostizieren.

Cool

30. APRIL

14:35

Ach, Kalle! Du bist wirklich der verwirrendste Mensch auf diesem Planeten! Gerade wollte ich dich noch an die Wand klatschen, und im nächsten Moment … gehen wir zusammen Eis essen! Stell dir vor, liebes Tagebuch: Olivia ist laktoseintolerant! Das bedeutet, dass sie keine Milchprodukte verträgt. Was wiederum bedeutet, dass sie kein EIS essen kann. Deshalb ist das Deko-Team heute zu zweit losgegangen, um Sorten für die Eismaschine zu testen, die uns den Schulball versüßen wird. Klar tut Olivia mir auch leid: Laktoseintoleranz ist keine schöne Sache. Das wünsche ich wirklich keinem! Aber ein bisschen zu zweit sein mit Kalle, das war auch mal wieder schön. Er ist irgendwie … cooler, wenn wir alleine sind. Witziger und entspannter. Vor Olivia spielt er immer eine Rolle, finde ich. Als müsste er ihr irgendetwas beweisen. Jedenfalls haben wir uns durch sämtliche Eisdielen unserer Stadt gefuttert, um uns „inspirieren“ zu lassen. Das war genauso spaßig, wie es sich anhört, wenn nicht noch spaßiger. Auf dem Weg zwischen Eiscafé Rio und Eiscafé Venezia sind wir dann zufällig Marie über den Weg gelaufen. Sie hat total ertappt ausgesehen und uns gefragt, was wir dort machen. Ich wusste sofort, dass irgendwas im Busch ist! Sie hat schließlich zugegeben, dass sie hinter ihrem geheimnisvollem Mr Unbekannt her gewesen sei. Marie verfolgt ihn jetzt schon? Langsam mache ich mir Sorgen um sie!

Mai

01. MAI
16:25

Gerade mit Marie und Franzi im Lomo getroffen: Marie hat den totalen Horror. Mein letzter Brief war anscheinend so gut, dass Mr Unbekannt sie jetzt persönlich treffen will! Aus irgendeinem Grund scheint Marie das ganz und gar nicht recht zu sein. Franzi und ich können das nicht verstehen: Marie ist sonst so selbstbewusst! Was muss das für ein Typ sein, der sie so verlegen und unsicher macht? Aber Marie hat sofort zugemacht und gar nichts mehr gesagt. Wir sollten mal nicht so neugierig sein, hat sie in ihren Kakao Spezial gemurmelt. Sie hätte das schon alles im Griff. „Sieht aber nicht so aus!", wandte Franzi zu Recht ein. Daraufhin ist Marie aufgestanden und hat das Lomo verlassen. Sie ist wirklich beleidigt gewesen. Scheint ein wunder Punkt zu sein …

03. MAI
10:13

Eine Sache wundert mich: Wo ist der Anti-Amor? Seit etwa zwei Wochen gab es schon keinen Anschlag mehr. Hatte Frau Schuster-Rübli etwa recht und ihm ist langweilig geworden? Oder steckt etwas anderes dahinter? Hat der Anti-Amor sich auf seiner Flucht vor Franzi am Ende so verletzt, dass er nicht mehr laufen kann und eine Pause machen muss …? Möglich wäre es! Ich muss sagen, ich bin ganz froh, dass er uns ausnahmsweise mal in Frieden lässt. Kalle und ich hängen in letzter Zeit viel zusammen. Natürlich nur, um im Rahmen des Deko-Teams den Schulball vorzubereiten, Girlanden zu basteln und solchen Kram. Aber trotzdem: Dabei soll uns der Anti-Amor mal schön in Ruhe lassen …

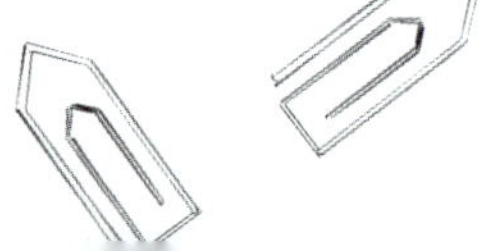

15:06

Kalle und ich haben heute zusammen Hausaufgaben gemacht. Unglaublich, aber wahr! Herr Nörres hat uns zusammen in eine Gruppe gesteckt und wir mussten ein Referat über den Eyjafjallajökull vorbereiten. Das ist ein großer Vulkan auf Island. Wir haben uns bei Kalle daheim getroffen (seine Mutter hat gearbeitet und er musste auf seine Schwestern aufpassen) und es war wirklich witzig. Ich hatte, glaube ich, noch nie so viel Spaß daran, ein Referat vorzubereiten.

+++ Wichtige Eilmeldung: Kalle ist Krimifan! +++

Zugegeben: Wir haben nicht wirklich viel gearbeitet … Wie auch? Kalle hat mich die ganze Zeit abgelenkt! Zuerst wollte er mir den Krimi zeigen, den er gerade liest (er liest Bücher, wie ich! Wenn das mal keine Gemeinsamkeit ist!), und dann mussten wir mit seinen Schwestern Tier-Memo spielen. Ich muss sagen, Kalle ist ein harter Gegner, normalerweise gewinne ich IMMER bei Memo, und er hat mich zweimal geschlagen. Die anderen fünf Mal haben wir seine Schwestern gewinnen lassen, und dann haben wir uns Pfannkuchen gemacht, und dann musste ich auch schon gehen. Wie schnell so ein Tag vergeht!

04. MAI

09:30

Herr Nörres hat Kalles und mein Referat als „schludrig recherchiert, aber überzeugend vorgetragen“ bezeichnet. Keine Ahnung, ob das ein Lob war. Wir sind jedenfalls mit einer 3 davongekommen. Eine 3 hatte ich schon lange nicht mehr. Ich muss aufpassen, dass Kalle nicht meinen Schnitt versaut, sonst kriege ich nämlich Ärger mit meiner Mutter. Herr Nörres war jedenfalls sehr blass um die Nase heute und wollte die ganze Zeit auf dem Stuhl hinter seinem Pult sitzen. Sonst steht er immer stocksteif da. Aber er war ja lange krank … Würde mich nicht wundern, wenn sich da ein Rückfall anbahnt!

15:18

Marie und Franzi haben sich über mich lustig gemacht wegen Kalle. Nur weil ich ein Clubtreffen abgesagt habe, um mich mit ihm zum Einkaufen zu treffen. Es geht hier immerhin um den Schulball, oder? Davon profitieren Franzi und Leo

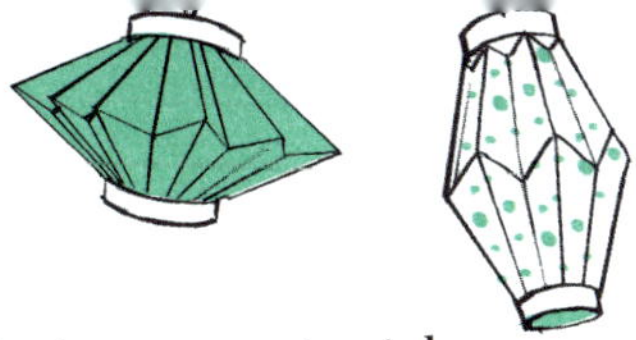

schließlich auch am Ende des Tages. Und Marie, wenn sie sich entscheidet, ein Ticket zu kaufen und auch zu kommen. Dafür muss sie sich natürlich erst mal trauen, ihren potenziellen Tanzpartner anzusprechen … Mr Unbekannt! Als ich Marie gefragt habe, ist sie wieder ganz still geworden und hat auf ihren Nägeln herumgekaut. Marie und auf Nägeln herumkauen! Das würde sie normalerweise nie tun, dafür ist sie viel zu sehr auf ihr Äußeres bedacht. Wer auch immer Mr Unbekannt ist, Marie muss ihn endlich konfrontieren. Das geht so nicht weiter!

05. MAI
19:30

Komischer Tag heute! Herr Nörres ist nicht erschienen (musste wohl tatsächlich noch mal zum Arzt), stattdessen ist Herr Lehmann eingesprungen. Herr Lehmann sieht gar nicht schlecht aus für einen Lehrer. Er ist noch relativ jung, muss man dazu sagen. Er unterrichtet normalerweise an Maries Schule, dem Heinrich-Heine-Gymnasium, aber wenn bei uns Lehrer ausfallen, springt er ein. Genau wie Herr Nörres manchmal in Maries Schule einspringt, die haben da irgendeinen Deal am Laufen. Jedenfalls hat Herr Lehmann uns heute bei den Tanzstunden beaufsichtigt. Wobei „beaufsichtigt" vielleicht zu viel gesagt ist: Er saß am Rand und hat irgendwelche Klausuren korrigiert, während Olivia uns mit ihrer charmanten Feldwebel-Art über den Turnhallenboden gescheucht hat.
Er hat gesagt, er hätte absolut „keine Ahnung von Tanz".
Na gut. Eine Sache hat dann aber doch seine Aufmerksamkeit geweckt: unsere Plakate! Wir hatten ein paar davon

zum Trocknen am Hallenrand aufgehängt. Herr Lehmann ist ganz nah hingegangen und hat sie studiert.
„Schön, nicht?", hat Ayumi gerufen und mit den Wimpern geklimpert. Sie findet auch, dass Herr Lehmann sehr gut aussieht für einen Lehrer. „Die habe ich gemalt!"
Ayumis neuer Tanzpartner, Max, hat ganz eifersüchtig geguckt, als sie so um Herrn Lehmann herumscharwenzelt ist.
„Interessant!" Herr Lehmann hat das Kinn auf die Hand gestützt. „Und wer hat diese schönen … handschriftlichen Texte geschrieben?"

Ich gab zu – nicht ohne Stolz! –, dass ich dafür verantwortlich gewesen war. Ich hatte mir sehr viel Mühe gegeben. Herr Lehmann lief ein bisschen grün an. Ich runzelte die Stirn.
„Gefällt's Ihnen nicht?"
„Doch, doch, sehr sogar! Ich bin ein großer Freund des … handschriftlichen Plakateschreibens!", stammelte Herr Lehmann und sah mich ganz merkwürdig an. Er wurde ehrlich gesagt total fahrig und nervös, schichtete seine Klausuren von einem Stapel auf den anderen, anstatt sie zu korrigieren, und gab uns spontan „Hitzefrei" – obwohl es draußen eigentlich relativ regnerisch und kühl war für Mai.
Olivia hat sich total aufgeregt und gemeckert, dass Herr Nörres uns sicher nicht so einfach vom Tanzunterricht befreit hätte. Sie ist, glaube ich, der einzige Mensch auf der Welt, der sich

nicht über spontanes Hitzefrei freut. Kalle schien zum ersten Mal richtig irritiert von ihr zu sein.
Haha! Die kleine Miss Perfect hat eben doch ihre Macken!

6. MAI

MORGENS HALT

Kim ist eine blöhde Kuh! Dises Buuch gehöhrt: UNS!

7. MAI

IRGENDWANN

Kim zahlt kein Löhsegelt. Kritzel, kritzel, kratzel! Hahaha!

8. MAI

EGAL WANN

Kim wird dises Buuch nimals finden!

9. MAI

18:05

Meine Finger sind blutig! Na ja, nicht ganz, aber sie tun weh! Warum? Weil ich gerade unter Aufbietung all meiner Kräfte dieses Buch hier aus den Klauen meines Bruders Lukas winden musste, während mein anderer Bruder, Ben, versucht hat, mich hinterrücks mit einem Kissen zu erschlagen! Jetzt habe ich es endlich wieder.
Ich konnte geschlagene drei Tage keine Einträge machen, weil die beiden Knalltüten mein Tagebuch „gekidnappt" hatten! Da ich grundsätzlich nicht mit Erpressern verhandle, bin ich nicht auf ihre Lösegeldforderungen von zwei Tafeln Schokolade eingegangen und habe stattdessen meine Zeit damit verbracht, ihr schlampiges Zimmer auf den Kopf zu stellen. Kein Spaß, muss ich sagen! Meine Brüder leben in einer

wahren Müllkippe. Ich musste mich durch Berge benutzter Stinkesocken und angebissener Butterbrote wühlen, bis ich endlich zum Kern vordrang: einem kleinen Agentenkoffer mit Zahlenschloss. Kinderspielzeug und einfach zu knacken. Als ich mit dem Buch aus dem Zimmer schleichen wollte, haben die beiden mich überrumpelt und so kam es zu einem letzten, erbitterten Kampf, aus dem ich schließlich siegreich hervorging. Puh! Zum Glück ist der Schaden nicht ZU groß. Die beiden Monster haben gedroht, jeden Tag, an dem ich NICHT zahle, irgendeinen Mist in mein geliebtes Tagebuch zu schmieren! Sie haben natürlich Wort gehalten, und zwar mit lila Filzstift! Zum Glück hatten sie das Buch nur drei Tage in ihren verschwitzten Griffeln.

10. MAI
23:45

Vorhin mit Marie telefoniert. Sie ist total schlecht drauf, weil ihr Mr Unbekannt anscheinend seit Tagen, ja Wochen nicht mehr auf ihre Briefe antwortet. Beziehungsweise: auf meine Briefe. Sie wollte wissen, ob ich irgendetwas an meinem „Stil" verändert hätte. Ich habe beteuert, dass ich den letzten Brief so geschrieben hätte wie immer: romantisch, witzig, ein bisschen mysteriös …

„Aber warum schreibt er dann nicht mehr zurück?", jammerte Marie in den Hörer.

Ich hob die Schultern. Dann fiel mir ein, dass sie das ja nicht sehen konnte, und ich sagte: „Vielleicht waren die Briefe ja … ein bisschen ZU mysteriös? Vielleicht hättest du dich einfach mal mit ihm treffen sollen?"

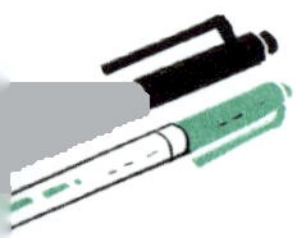

Marie seufzte tief. Erst als sie aufgelegt hatte, kam mir ein Gedanke, der mich bis jetzt nicht einschlafen lässt. Mal wieder …

Ich muss morgen dringend mit Marie und Franzi sprechen. Wenn meine Theorie stimmt, sind wir vielleicht ganz nah dran an der Lösung des Falls „Anti-Amor" …

11. MAI

15:56

„Kim! Spinnst du jetzt komplett?" Marie hat mir einen Vogel gezeigt. Nicht gerade das, was ich erwartet hatte, als ich ihr und Franzi von meinem neusten Verdacht erzählt habe. Aber ich finde es gar nicht so weit hergeholt, dass Maries Mr Unbekannt der Anti-Amor sein könnte. Immerhin verhalten sich beide verdächtig still in letzter Zeit. Kann das ein Zufall sein? Vielleicht, vielleicht auch nicht! Franzi findet meine Theorie, zugegeben, weit hergeholt. Aber sie sagt auch, dass es einen Versuch wert sei. Immerhin treibt der Anti-Amor an Maries Schule sein Unwesen, auf die auch Mr Unbekannt geht. So viel hat sie uns zumindest über ihn verraten …
„Ich sage euch in Zukunft gar nichts mehr!", hat Marie gefaucht. Sie ist richtig sauer geworden.
Ich wollte wissen, wie er heißt, und sie ist fast an die Decke gegangen.
„Nein! Das sage ich dir nicht, Kim! Er ist total romantisch, er würde niemals als Anti-Amor rumrennen und sich an Leuten rächen! Ich verliebe mich doch nicht in einen Irren!"
Aber mein Verdacht lässt sich nicht so einfach aus der Welt schaffen. Ich glaube, dass ich da an was dran bin!

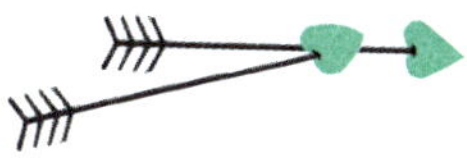

12. MAI

9:20

Marie ist im Liebeswahn und nicht mehr zurechnungsfähig. Ich werde ihr daher nicht sagen, was ich vorhabe: Ich werde

dem mutmaßlichen Anti-Amor beziehungsweise Mr Unbekannt einen allerletzten Brief schreiben. Einen Brief, von dem Marie niemals etwas erfahren wird …
Tut mir leid, Miss Mystery, aber es wird wohl doch zu einem persönlichen Treffen kommen!

10:35

Kalle hat mir vorhin, als ich den Brief geschrieben habe, über die Schulter geschaut und dann ganz komisch reagiert, als ich meinen Arm darübergelegt habe.
„An wen geht das?“, wollte er wissen.
„Das ist ein Geheimnis“, habe ich knapp erwidert. Sehr knapp! Entschuldigung, aber was geht IHN das an? Reicht ja schon,

dass ich Marie – zu ihrem eigenen Besten! – hintergehen muss. Da muss ich ja wirklich nicht auch noch Kalle in meine geheimen Detektiv-Machenschaften einweihen, oder?

15:30

Nach der Schule mit Franzi zum Heinrich-Heine-Gymnasium geradelt, um den Brief in dem Hohlraum in der Birke zu verstecken. Der Köder ist ausgelegt. Jetzt muss Mr Unbekannt nur noch anbeißen!

18:30

Filmabend mit Marie und Franzi: Marie ahnt nichts. Franzi und ich fühlen uns ein bisschen schlecht bei dem Gedanken, dass wir heute ihren geheimen Briefkasten benutzt haben. Aber es ist doch zu ihrem Besten! Oder? Wir haben ihr extra viel Popcorn gemacht und sie den Film aussuchen lassen. Sie hat sich ein bisschen gewundert und gewitzelt, ob sie vielleicht ihren eigenen Geburtstag vergessen habe.

13. MAI

13:40

Kalle war heute ganz seltsam beim Tanzunterricht. So schnippisch! Habe ich ihm was getan? Als Herrenwahl war, hat er jedenfalls nicht mich aufgefordert, sondern Olivia! Hallo?! Also wenn Kalle ein Problem mit mir hat, muss er schon den Mund aufmachen! Ich laufe ihm sicher nicht hinterher!

17:05

Morgen Abend ist es so weit: Franzi und ich werden uns im Schillerpark mit dem Anti-Amor treffen. Oder eher gesagt: mit Mr Unbekannt. Solange wir keine Beweise haben, sollte ich ihn noch nicht verurteilen. Das wäre unprofessionell! Jedenfalls wird Franzi mich um 20:30 hier abholen. Auch wenn Mr Unbekannt Marie den Kopf verdreht hat – Kim Jülich lässt sich nicht so leicht hinters Licht führen!

14. MAI
23:10

Ach. Du. Schande. Mehr kann ich gerade nicht schreiben. Ich bin zu geschockt.

15. MAI
15:10

Marie redet kein Wort mehr mit mir – und es ist meine Schuld! Aber von vorne: Franzi und ich sind gestern wie verabredet zum Schillerpark geradelt. Es war kurz nach Sonnenuntergang und fast ein bisschen unheimlich. Bis auf ein paar verspätete Jogger war keiner mehr unterwegs. Franzi hat sich in einem Gebüsch versteckt und ich habe mich (getarnt mit Mütze und Schal) am Amor-Brunnen postiert. Der Amor-Brunnen ist wirklich riesig. Auf einer Säule in der Mitte steht die Statue eines dicken Babys mit Flügeln, das gerade mit Pfeil und Bogen auf ein imaginäres Herz zielt. Amor eben! Wieder einmal fragte ich mich, wessen Idee das eigentlich gewesen war, ein Baby mit Pfeil und Bogen auszustatten und ihm dann auch noch für so etwas Wichtiges wie LIEBE die Verantwortung zu geben. Ich meine: Was verstehen Babys schon von Liebe? Kein Wunder, dass alles immer so ein Chaos ist!

Mein Liebesleben, Maries Liebesleben … vor allem Maries Liebesleben! Stünde ich sonst nach Sonnenuntergang in diesem Park? Nein! Ich schaute seufzend auf meine Uhr und ahnte ja nicht, WIE kompliziert Maries Liebesleben wirklich war! Erst als Franzi – wie vereinbart – einen warnenden Pfeifton ausstieß und Mr Unbekannt aus dem Schatten trat, erkannte ich das ganze Ausmaß der Misere. Er kam langsam auf mich zu … trat ins Licht einer Laterne … und ich verstand auf einen Schlag, warum Marie immer so geheimnisvoll getan hatte! Bei Mr Unbekannt, mit dem sie (ich?) wochenlang einen sehr anonymen, sehr romantischen Briefwechsel unterhalten hatte, handelte es sich um keinen anderen als …

„Herr Lehmann?", entfuhr es mir verblüfft.

Tatsache: Vor mir stand Herr Lehmann, seines Zeichens attraktiver Englischlehrer an Maries Schule und Vertretung für Herrn Nörres an unserer. Verlegen und auch ein bisschen panisch starrte er mich an, als ich unwillkürlich einen Schritt zurück machte und dabei fast in den Amor-Brunnen gefallen wäre.

„Kim, das muss aufhören!", sagte er. Seine Haare standen zu Berge, als hätte er vor lauter Nervosität vergessen, sie zu kämmen. „Auch wenn du jetzt vielleicht glaubst, in mich verliebt zu sein: Das geht nicht!"

Ich runzelte die Stirn. „Wer spricht denn von MIR? Ich kenne Sie doch gar nicht! Und ich bin ganz sicher NICHT in Sie verliebt!"

Herr Lehmann blinzelte verwirrt. „Aber du … ich habe doch deine Schrift wiedererkannt. Auf den Plakaten in eurer Turnhalle für den Schulball!"

Er hob einen der anonymen Briefe hoch, die ich für Marie geschrieben hatte. „Es ist dieselbe Schrift wie auf den Briefen!“ Ich wurde sofort knallrot! Oh Mann! Herr Lehmann dachte tatsächlich, ICH wäre die anonyme Briefschreiberin. Unglücklich ließ er seine Hand mit dem Brief sinken und sah mir flehend in die Augen. „Kim? Du musst wirklich mit dem Quatsch aufhören …“

„Moment!“ Ich hob die Hand, um erst mal ein paar Dinge klarzustellen. Immerhin hatte er sich auf den geheimen Briefwechsel eingelassen, ohne zu wissen, wer dahintersteckte. Als ich ihm das sagte, senkte er verlegen den Kopf und kratzte sich im Nacken. „Das kann ich erklären. Auf deine ersten Briefe habe ich reagiert, weil ich dachte … na ja …“ Er wurde rot. „Ich dachte, die kommen von Lina Meyer. Das ist unsere neue Biologie-Referendarin. Sie ist, na ja, echt nett und …“

Ich winkte schnell mit der Hand ab: Die Details sollte er bitte überspringen! Verliebte Lehrer? Nichts, was man sich als 13-jährige Schülerin antun muss.

Er fuhr fort: „Aber dann habe ich Herrn Nörres vertreten und deine Schrift erkannt, neulich auf den Plakaten. Ich bin, wie gesagt, viel zu alt für dich!“

„Was Sie nicht sagen!“ Ich verdrehte die Augen. „Der Meinung bin ich auch, Herr Lehmann. Nichts für ungut.“ Ich klärte ihn schnell darüber auf, dass ich die Briefe im Auftrag eines anderen Mädchens geschrieben hatte. Den Namen wollte ich lieber für mich behalten, was Herr Lehmann auch verstehen konnte. Er nahm mir aber das Versprechen ab, mit der „betreffenden Person“ (= Marie) zu sprechen und, wenn möglich, die bereits ausgetauschten Briefe zu vernichten. Ich sagte widerstrebend zu. Ich wusste einfach, dass es sein musste, auch wenn Marie mir dafür an die Gurgel springen würde!

Als Herr Lehmann schlurfenden Schrittes den Park verließ, schauten Franzi und ich ihm lange nach.
Franzi schüttelte den Kopf. „Marie wird uns beiden den Kopf abreißen, Kim. Ich hoffe, das ist dir klar …“

Franzi sollte recht behalten: Marie ist heute im Hauptquartier fast an die Decke gegangen, als ich ihr mein Geständnis machte. „Du hast es ihm gesagt? Kim! Du hast alles kaputt gemacht!“
Moment, Moment! Ich wurde plötzlich auch wütend! Wie zum Henker hatte sie sich das denn vorgestellt? „Hast du etwa gedacht, ihr kommt wirklich eines Tages zusammen? Er ist zwar jung, aber er ist immer noch ein Lehrer, Marie. Du spinnst wohl!“
In Maries Augen glitzerten Tränen, als sie zu mir herumfuhr. „Natürlich wäre nie was daraus geworden“, sagte sie leise. „Deshalb ja die Briefe. Und sogar DAS hast du jetzt kaputt gemacht.“
„He, ich war auch dabei, um ehrlich zu sein“, wandte Franzi verlegen ein. „Lad jetzt nicht deinen ganzen Frust auf Kim ab.“
Marie lachte nur spöttisch auf.
„Ganz ehrlich, Franzi, ich kenne Kim. Ich wette, dass es ihre Idee war. Hab ich recht?“
Da hatte sie leider recht, und das sah man unseren Gesichtern auch deutlich an.
„Wusste ich es doch!“, knurrte Marie mit verschränkten Armen. „Wieder so eine tolle Kim-Idee …“
Ich schüttelte den Kopf.
„Marie, weißt du, dass so etwas echt gefährlich ist? Stell dir mal vor, euer Schuldirektor hätte die Briefe gefunden. Das hätte Herrn Lehmann den Job kosten können.“
Aber Marie drehte sich einfach von mir weg.

„Schon gut, Kim. Du bist perfekt und weißt alles und ich bin die dumme, naive Marie, der man die Welt erklären muss!“ Sie schnappte sich ihre Handtasche und rannte aus dem Hauptquartier. „Das höre ich mir nicht mehr länger an!“
Krach! Die Tür war zu und Marie Grevenbroich war weg.
Franzi hielt mir mitfühlend einen Teller Kokosmakronen hin, die ihre Mutter gerade frisch gebacken hatte. „Nervennahrung?“
Glaub es oder nicht, liebes Tagebuch: Ich habe keine einzige Kokosmakrone herunterbekommen. Der Streit mit Marie lag mir einfach zu schwer im Magen – und da liegt er immer noch und gärt vor sich hin. Ich frage mich, ob sie jemals wieder zur Vernunft kommen und mir verzeihen wird? Ich hoffe es sehr.

19. MAI
17:20

Zwischen Marie und mir herrscht seit drei Tagen Funkstille. So lange haben wir uns noch nie NICHT gehört! Ich bin immer noch wahnsinnig wütend auf sie, aber ich vermisse sie auch ... Ich muss ständig daran denken, wie viel Spaß wir immer zusammen hatten. Es kann doch nicht sein, dass jetzt wegen dieser einen blöden Sache ALLES kaputt ist? Franzi hat mich getröstet und gemeint, es müsse ein wenig Gras über die Sache wachsen. Sie sagt, wir seien eben beide stur: Marie sei naiv gewesen zu glauben, dass sie diese seltsame Liebesbeziehung aufrechterhalten könne, und ich sei manchmal ganz schön besserwisserisch und würde Leute bevormunden ... Hallo?! Ich bevormunde doch niemanden! Das habe ich Franzi auch gesagt, bevor ich sie nach Hause geschickt habe, mit der Anweisung, mich morgen vor der Schule um Punkt 7:55 zu treffen, um unsere

Bio-Hausaufgaben zu vergleichen und die neuen Vokabeln für Englisch durchzugehen und … Hm. Okay. Vielleicht bevormunde ich meine Freunde manchmal wirklich ein bisschen. Aber ich habe eben auch meistens recht! Oder …?

20. MAI
22:45

FRANZI, SCHREIB MARIE, DASS IHRE ROSA WOLLMÜTZE IMMER NOCH IN MEINEM ZIMMER RUMLIEGT. ICH BIN KEIN FUNDBÜRO UND AUCH KEINE KLEIDERAUFBEWAHRUNGS-ZENTRALE FÜR FRÄULEIN GREVENBROICH!

MARIE HAT GESCHRIEBEN, ICH SOLL DIR SCHREIBEN, DASS DU DIE MÜTZE BEHALTEN KANNST.

SCHREIB MARIE, DASS ROSA MIR NICHT STEHT UND DASS SIE DAS EIGENTLICH WISSEN SOLLTE, WENN SIE SO EINE PERFEKTE FREUNDIN IST. AUSSERDEM HABE ICH IHR DIE MÜTZE GESCHENKT!

MARIE SCHREIBT, DASS DU SIE GENAU DESHALB BEHALTEN SOLLST. SIE KRATZT NÄMLICH.

SCHREIB MARIE, DASS SIE MAL WIEDER IM UNRECHT IST. ICH HABE DIE MÜTZE GERADE TESTWEISE AUF, UND SIE KRATZT NICHT. UND WENN SIE SIE NICHT BALD ABHOLEN KOMMT, WERFE ICH SIE WEG!!!

MARIE SCHREIBT, DASS ICH DIR … ACH, WEISST DU WAS? MIR REICHT'S! SCHREIBT EUCH DOCH SELBST!

Na super: Jetzt ist auch noch Franzi genervt von mir. Sie ist auch genervt von Marie, muss ich ehrlicherweise sagen. Sie hat genug davon, unsere „Mittelsfrau“ zu spielen, und will „auf Abstand“ gehen, bis wir uns wieder vertragen. Da kann sie allerdings lange warten! Marie geht wirklich zu weit, finde ich, sie muss doch einsehen, dass ich recht habe! Wenn ich sie nur nicht so vermissen würde …

Hinzu kommt, dass es im Deko-Team gerade auch nicht besonders läuft: Kalle redet kaum noch mit mir. Ich frage mich wirklich, was ich IHM getan habe! Wir haben uns doch eigentlich ganz gut verstanden. Beim Tanzen ist er immer so abwesend und unkonzentriert und tritt mir so viel auf die Füße wie ganz am Anfang, als hätte er alles vergessen, was wir je gelernt haben. Als hätte es nie diese „Dynamik“ zwischen uns gegeben, von der irgendwann sogar Ayumi und Kristina so beeindruckt gewesen sind. Sie haben gesagt, Kalle und ich sehen auf der Tanzfläche aus, als hätte wir nie was anderes gemacht! Aber jetzt ist das wohl auch vorbei …

Es läuft einfach nicht gut in deinem Leben, Kim Jülich! Beste Freundin futsch, andere beste Freundin auch so gut wie futsch, Tanzpartner futsch … alles futsch! Was ist „futsch“ eigentlich für ein komisches Wort? Ich mag nicht mehr. Ich gehe jetzt schlafen.

NO.

22. MAI
19:02

Auf Lehrer ist wirklich Verlass: Wenn du glaubst, du bist am Boden angekommen, öffnen sie irgendwo noch eine Falltür und lassen dich richtig in die Tiefe rasseln! Meine Stimmung ist jedenfalls so tief im Keller wie noch nie: Wie kommt Frau Schuster-Rübli darauf, so kurz vor dem Schulball und mitten in der Prüfungszeit einen fünftägigen Klassenausflug in die Berge zu planen? Nur, weil irgendeine komische blaue Blume jetzt gerade ihre Blütezeit hat! Wen interessiert das? Die Blume will bestimmt ihre Ruhe haben und nicht gepflückt und in einem Schulatlas gepresst werden!

Genau wie ich: Ich will auch einfach nur meine Ruhe haben! Ich will nach der Schule nach Hause rennen, mich in meinem Zimmer einschließen, ganz viel lesen und Schokolade essen und versuchen, nicht ständig an Marie zu denken oder Kalle oder wer sonst noch alles auf den „Ich hasse Kim Jülich"-Zug aufgesprungen ist. Würde mich nicht wundern, wenn irgendwann ein Saboteur namens Anti-Kim durch die Schule tigert und alles vernichtet, was an mich erinnert!

Apropos: Nachdem Herr Lehmann sich als unschuldig rausgestellt hat, haben wir auch unsere letzte Spur im Fall Anti-Amor verloren. Egal. Wirklich: EGAL! Ich habe jetzt einfach keinen Kopf dafür, und außerdem: Was kann EIN Ausrufezeichen schon ausrichten?

Ein Ausrufezeichen ist kein Ausrufezeichen ...

23. MAI
20:31

Die heutigen Prüfungen sind ganz gut gelaufen. Nächste Woche sind noch ein paar und dann ist SCHLUSS. Endgültig! Ich werde meinen Rucksack packen, und zwar nicht für den Klassenausflug in die Berge, nein: Ich werde diese Stadt, dieses LAND verlassen. Für immer und ewig! Warum? Kalle hat eine neue Tanzpartnerin: Olivia! Er hat einfach die Seiten gewechselt, von einem Tag auf den anderen! Ich weiß, dass ich mir das immer gewünscht habe … Ich meine, seit wir einander zugelost wurden, habe ich zwei Blind Dates gehabt, um einen neuen Tanzpartner zu finden. Aber dann habe ich gemerkt, dass Kalle doch nicht so schlimm ist. Und jetzt? Jetzt schwenkt er Olivia in den Tanzstunden, Freistunden und sogar Schulpausen über den Hallenboden! Du hast richtig verstanden, liebes Tagebuch: Sie tanzen sogar in den Pausen! Wenn normale Menschen wie ich Pause machen. Ich verstehe die Welt nicht mehr: Von wegen, Kalle glaubt nicht an die Liebe und hasst Romantik! Aaaach! Ich brauche jetzt eine große Portion Schokoladeneis mit Sahne und Crispies. Schoko-Fußball-Crispies.

24. MAI
9:50

Ayumi hat mir gerade erzählt, dass Olivia ihr erzählt hat, dass sie und Kalle jetzt „fest zusammen“ sind. Was zur Hölle? Wie kann er mich nur so hängen lassen, der alte Verräter? Ich meine: Nicht, dass ich eifersüchtig wäre. Nein, ganz und gar nicht. Aber wir sind immerhin ein zugelostes Team, oder? Ist dem Kerl eigentlich klar, dass ich jetzt alleine

zum Schulball gehen muss und vermutlich eine halbe Note Abzug in Erdkunde kassieren werde? Ganz zu schweigen davon, dass ich als Einzige keinen Tanzpartner haben werde! Ich sehe mich schon mit dem blöden Besenstiel einen Walzer hinlegen!

14:50

Robin ist mein neuer Tanzpartner. Wieso kommt mir der Besenstiel plötzlich wie ein Traumprinz vor?

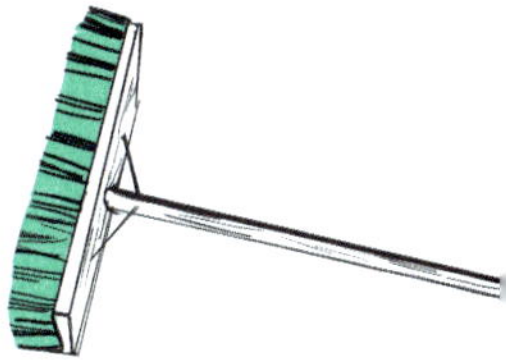

25. MAI

22:20

Robin hat mich heute in der Pause angequatscht und gefragt, ob wir vielleicht als Flamenco-Pärchen auf den Schulball gehen wollen: Ich in einem roten Kleid und er in einer Glitzerhose mit weißem Rüschenhemd. Ich habe ihn so lange stumm angestarrt, bis er rot angelaufen und gegangen ist.

27. MAI

16:27

Denke darüber nach, den Anti-Amor auf Kalle anzusetzen. Aber das geht ja nur bei Leuten, die einem das Herz gebrochen haben. Hat Kalle mir das Herz gebrochen? Nee. Dazu müsste ich ja in ihn verliebt sein. Und das bin ich nicht! Oder? Ach, ich weiß es doch auch nicht! Wo ist Marie, wenn man ihren Rat in Sachen Jungs braucht? Ich vermisse sie und Franzi so sehr, dass ich mir vorkomme wie ein Tisch ohne Beine, eine Torte ohne Zuckerguss, ein Vogel ohne Flügel! Wir gehören doch zusammen!

28. MAI
23:05

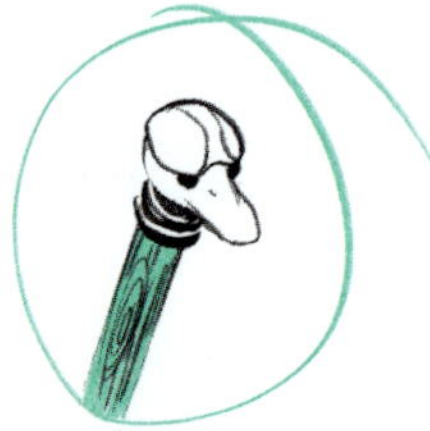

Morgen geht's los: Vier Tage Klassenfahrt in die Berge – und ausgerechnet meine Mutter, Brigitte Jülich, kommt als Aufpasserin mit! Wie viel Pech kann man eigentlich haben, liebes Tagebuch? Frau Schuster-Rübli und Herr Nörres brauchen angeblich „Hilfe“ von einer dritten Lehrkraft oder einem Elternteil (meine Mutter ist beides, juhu, juhu), weil Herr Nörres noch „gehandicapt“ ist. Was auch immer das heißen soll. Anscheinend hat er sich vor einer Weile den Fuß verknackst und ist immer noch nicht auf dem Damm. Er humpelt jedenfalls seit Neustem auf einen Gehstock mit Entenkopfknauf gestützt durch die Gänge. Mit seiner säuerlichen Miene sieht er mehr denn je aus wie ein Vampir, der gerade seiner Gruft entstiegen ist. Kein Wunder, dass alle einen großen Bogen um ihn machen: Immer wenn Schüler in seiner Nähe lachen, sieht er aus, als wolle er am liebsten mit dem Stock ausholen und ihnen eins überbraten! Puh! Zum Glück ist es in diesem Jahrtausend verboten, seine Schüler zu schlagen …

Jedenfalls: Klassenfahrt mit Mutter steht an. Super! Ich habe schon versucht, es ihr auszureden, indem ich ihr meine Klasse in den schillerndsten Farben beschrieben habe. Rotzfrech, laut, verschwitzt, schrill, kurz gesagt: eine Horde Affen, mit denen man nicht in einem Reisebus sitzen, geschweige denn Wanderausflüge zu irgendwelchen Bergseen machen will. Aber meine sture Mutter war nicht von ihrem Vorhaben abzubringen.

„Ich muss einfach mal raus, sonst fällt mir noch die Decke auf den Kopf!“, hat sie gesagt und meinem Vater dabei einen grimmigen Seitenblick zugeworfen. Die beiden hatten heute mal wieder Zoff. Als ich nach dem Tanzunterricht heimgekommen bin, habe ich meine Mutter in heller Wut vorgefunden. (Mein Vater war nirgends zu sehen. Vermutlich versteckte er sich irgendwo.)

„Mama, was ist denn los?", fragte ich, als sie eine Packung Chips aufriss und sich eine Faustvoll in den Mund steckte. (Meine Mutter isst sonst NIE Chips.)

„Was los ist? Ich sage dir, was los ist, Kim! Dein Vater hat mir mal wieder Schokolade geschenkt! Zum Jahrestag!" Sie deutete auf eine Schachtel Katzenzungen, die auf unserem Küchentisch lag. Unangetastet.

„Na und? Ist doch schön", wandte ich zaghaft ein. Meine Mutter schnaubte nur.

„Heute IST aber nicht unser Jahrestag!" Sie knüllte die leere Chipstüte zusammen und warf sie auf den Tisch. Ups! Mein Vater war mal wieder in ein Fettnäpfchen getreten.

„Und deshalb isst du lieber Chips, Mama?" Ich schielte auf die Packung mit den Katzenzungen. „Kann ich dann die Schokolade essen …?" Ein eiskalter Blick meiner Mutter trieb mich schnell in mein Zimmer. Brigitte Jülich mit mieser Laune

war besser zu meiden! Blöd also, dass wir jetzt vier Tage zusammen verbringen werden. In den Bergen, in der Einöde, fernab jeder Zivilisation. Ich hoffe, ihre Laune bessert sich an der frischen Luft, wenn sie und Frau Schuster-Rübli und Herr Nörres sich irgendwelche schlauen „Lehrersachen" für uns ausdenken:

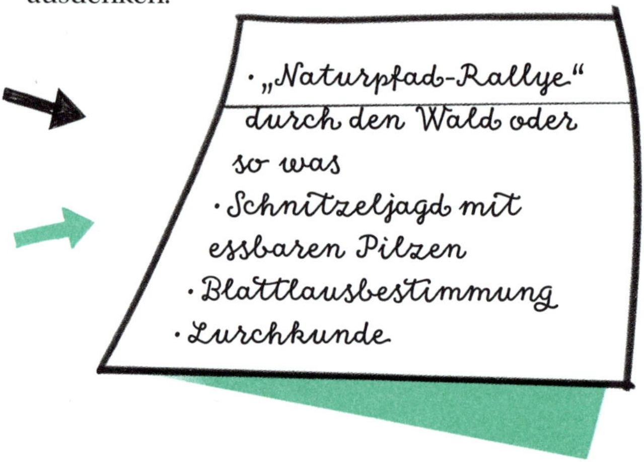

Was weiß ich. Anti-Amor wird jedenfalls alle Zeit der Welt haben, sein Unwesen an den Schulen unserer Stadt zu treiben, während Kim Jülich ihr Dasein im Exil fristet. Ich hoffe, es passiert nichts Schlimmes!

29. MAI
7:00

Es ist 7 Uhr morgens und ich sitze in einem vollgepackten Reisebus. Alle sind müde, bis auf die Lehrer natürlich. Es ist einfach ungerecht: Nur weil drei Leute (meine Mutter, Herr Nörres und Frau Schuster-Rübli) Frühaufsteher sind, müssen

28 andere (meine Klasse) AUCH früh aufstehen. An einem Sonntag. Hallo? Wir sind im Wachstum! Wir brauchen unseren Schlaf! Ich werde es jetzt mal machen wie alle anderen, mir Kopfhörer aufsetzen, Musik aufdrehen und an die Fensterscheibe gelehnt einpennen.

7:30

Robin musste aufs Klo, und der Busfahrer (er heißt Jürgen) hat ihn angepflaumt, dass das Klo im Bus TABU sei und er bis zur nächsten Raststätte warten müsse. Robin hat daraufhin gedroht, in die Hose zu machen. Jürgen hat gesagt, wenn er DAS macht, schmeißt er ihn aus dem Bus, und zwar bei voller Fahrt. Robin hat gesagt, dass er das gar nicht darf. Dabei hat er Herrn Nörres einen unsicheren Blick zugeworfen. Herr Nörres hat Zeitung gelesen und so getan, als hätte er nichts gehört.

7:45

Robin macht einen Riesensaufstand. ALLE werden wach. Jürgen flucht und lenkt den Reisebus auf einen zugemüllten Parkplatz. Robin sieht, dass es kein Klohaus gibt. Robin meint, er muss jetzt eigentlich gar nicht mehr. Jürgen sieht aus, als würde er ihm jeden Moment an die Kehle springen.

7:50

Jürgen fährt total aggressiv, seit er den Schlagersender nicht mehr reinkriegt.
Bange um mein Leben!

8:00

Eine Stunde im Bus. Allen ist schlecht. Jürgen sagt, wer sich übergibt, fliegt raus.

NO.

8:35

Robin hat sich übergeben. Dann haben alle anderen sich übergeben (wegen des Geruchs). Jürgen hat eine Vollbremsung gemacht und ALLES ist durch den Gang nach vorn geschwappt. Jürgen hat die Handbremse eingelegt und ist aus dem Bus gesprungen. Jetzt ist er im Wald. Wir warten.

9:05

Jürgen ist zurück. Meine Mutter ist ihm gefolgt und hat ihn überredet, wieder unser Busfahrer zu sein. Währenddessen haben wir anderen die Spuren, so gut es ging, weggewischt … Es geht endlich weiter!

12:45

Ankunft an der Talstation „Grünmoos“: Jürgen hatte Freudentränen in den Augen, als wir alle ausgestiegen sind. Er hat uns unsere Rucksäcke und Koffer geradezu hinterhergeschmissen und ist dann abgedüst wie der Teufel. Ich wusste gar nicht, wie schnell Busse fahren können.
„Gott sei Dank ist keiner von euch auf dieses verbotene Busklo gegangen!“, hat meine Mutter geseufzt. „Das hätte Jürgen vermutlich den Rest gegeben!“
Robin hat ganz komisch gelächelt, als sie das gesagt hat …

TALSTATION
Grünmoos

16:10

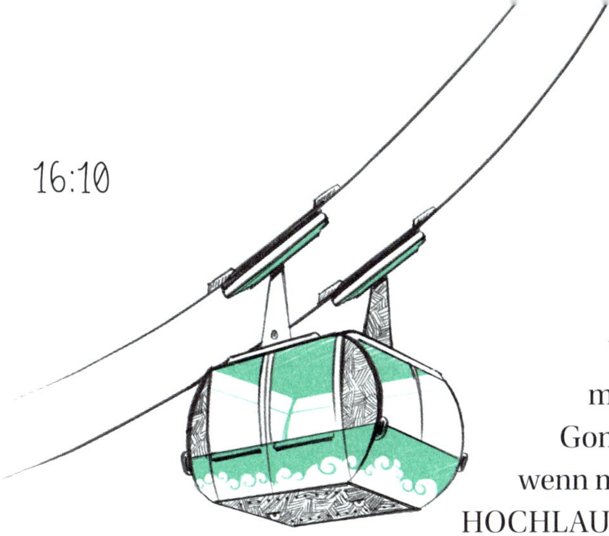

Frage des Tages:
Wieso lässt man sich
mit dem Bus zu einer
Gondelstation fahren,
wenn man dann trotzdem
HOCHLAUFEN muss? Auf
solche Ideen kommen auch nur Lehrer.
Und Mütter. Und Mütter, die Lehrer sind.

Während unser Gepäck in der Gondel transportiert wurde, unter Aufsicht des „gehandicapten" Herrn Nörres mit seinem Entenkopfstock, schleppten wir anderen uns in der Mittagshitze einen Serpentinenweg hoch. Ich konnte schon nach drei Metern nicht mehr, während meine Mutter und Frau Schuster-Rübli gut gelaunt voranschritten.

Irgendwann waren die beiden uns wirklich so weit voraus, dass wir sie nicht mehr sehen konnten und keine Ahnung hatten, wo wir hinmussten! Olivia hatte zwar einen Kompass und eine Karte und war, als Klassensprecherin, auch mal wieder in ALLES eingeweiht, aber auch sie war total verwirrt, als wir an dieser schlecht beschilderten Kreuzung standen. Kalle war es schließlich, der das umgekippte Schild im Gras fand und uns auf die richtige Spur brachte. Der Held! Olivia hat sich an ihn drangehängt wie eine Klette. Er hat geschmeichelt ausgesehen. Ts! Der soll sich mal nichts einbilden. Sie hat sich bestimmt nur von ihm den Berg hochziehen lassen! Als wir endlich oben ankamen, saßen meine Mutter und meine Direktorin schon vor der Holzhütte, ließen die Beine baumeln – und lachten uns aus.

Ich beschwerte mich, aber meine Mutter meinte, ich solle mal nicht so dramatisch sein und ihr helfen, Gläser und Limonade für alle auf die Terrasse zu tragen. Ich konnte aber leider nicht, ich musste mich zuerst mit den anderen Mädchen um das beste Bett prügeln. Immer ein Kampf auf Klassenfahrten! Jetzt teile ich mir mit Ayumi, Olivia und Kristina ein Zimmer mit zwei Stockbetten. Ich liege oben, am Fenster. Der beste Platz! Olivia wollte da auch schlafen, aber ich habe sie einfach skrupellos mit dem Ellbogen weggerempelt.
Sorry: Aber du hast schon meinen Tanzpartner geklaut, Olivia! Ich überlasse dir nicht auch noch das beste Bett!

18:45

Herr Nörres hat „Survival-Kits" an alle ausgeteilt. Soll heißen: Rucksäcke mit allem, was man zum Überleben braucht. Trillerpfeife. Wärmedecke. Kompass. Taschenmesser. Feuerstein. Signalpistole mit zwei Schuss. Die Jungs haben ihre natürlich sofort verballert und müssen jetzt abwaschen. Man kann nur hoffen, dass sie sich niemals im Wald verirren werden. Sie würden keine zwei Minuten überleben.

30. MAI

19:30

Mir tun alle Knochen weh! Unsere Lehrer, oder sollte ich eher sagen Gefängniswärter, haben uns heute unter unmenschlichen Bedingungen (Nieselregen) durch den Wald getrieben und gezwungen, wilde Beeren zu essen! Die wollten uns wohl vergiften! Ist denen eigentlich klar, wie schnell man bei wilden Beeren danebengreifen kann? Wir haben uns alle geweigert und waren mal wieder das Gespött der Erwachsenen.

Dann haben wir an einem Flussufer Pause gemacht und Herr Nörres (in Kniestrümpfen und Wanderschuhen!) hat uns beigebracht, wie man in der Wildnis überlebt. Er hat mit seinem Taschenmesser kleine Späne von einem trockenen Stück Holz abgeschabt und uns gezeigt, wie man ein Feuer macht. Wir haben Stockbrot gegrillt. Spätestens zu dem Zeitpunkt waren alle wieder einigermaßen gut drauf. Bis auf mich: Kalle und Olivia haben sich einen Stock geteilt. Würg! Herr Nörres hat sich einen Stock mit meiner Mutter geteilt und ganz garstig reagiert, als Frau Schuster-Rübli (die keinen Hunger hatte) ihm IHREN Stock geben wollte. Was hat er nur immer gegen sie? Muss jetzt los, Kartoffeln und Karotten schälen fürs Abendessen. Danach haben die Lehrer uns „Spiele“ im Kaminzimmer angedroht. Sie waren schon ganz hibbelig. Ich ahne Schreckliches!

21:45

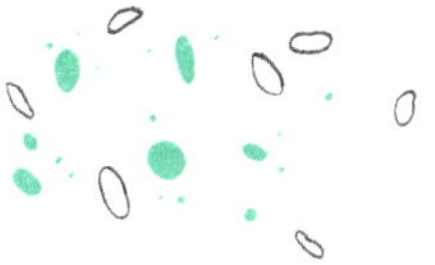

Luftballontanzen, Topfschlagen, Sackhüpfen – für wie alt halten die uns? Wir haben alle gelangweilt mitgemacht, um ihnen eine Freude zu machen. Aber als Olivia und ich dann gegeneinander im Sackhüpfen angetreten sind, ist es für einen kurzen Moment ernst geworden. SEHR ernst. Ich habe gewonnen, weil Robin Olivia kurz vor Schluss „aus Versehen“ ein Bein gestellt hat. Der Idiot! Als würde ich mir durch unlautere Mittel einen Sieg erschleichen. Ich habe den ersten Platz ausgeschlagen, es dann allerdings bereut, als Olivia von Kalle eine Zuckerperlenkette umgehängt bekommen hat. Grrr!

Nur ein Spiel? Nicht für mich!

22:10

erreichbar
FRANZI
HALLO KIM! WAS GIBT ES NEUES AUS DER WILDNIS? LEBST DU NOCH ODER HABEN DICH DIE BÄREN GEFRESSEN? KLEINER SCHERZ... WENN DU HILFE BRAUCHST: EINFACH RAUCHSIGNALE SENDEN! ;) KUSS, FRANZI
HA-HA-HA! ICH HOFFE, DIE BÄREN MÖGEN DEN GERUCH VON STINKESOCKEN. DANN WERDEN SIE NÄMLICH DIREKT INS JUNGS-ZIMMER ABBIEGEN – UND MICH VERSCHO-NEN! ICH VERMISSE DICH ... DEINE KIM
...

31. MAI
10:45

Heute wurden wir zu unmenschlicher Zeit aus dem Bett geworfen, um bei einem „kleinen Morgenspaziergang“ (soll heißen: Gewaltmarsch) den Sonnenaufgang zu „genießen“. Das sollte wohl ein Witz sein! Ich habe kaum meine Augen aufbekommen, geschweige denn einen Sonnenaufgang mit ihnen genossen. Meinen Mitschülern ging es nicht anders. Frau Schuster-Rübli hat ganz viele Fotos gemacht, auf denen meine Mutter und Herr Nörres Arm in Arm vor dem Bergpanorama stehen mussten. Herr Nörres hat relativ zufrieden ausgesehen für seine Verhältnisse. Er ist, eigener Aussage nach, ein „echter Morgenmensch“. Nicht gerade sympathisch, finde ich! Noch weniger sympathisch: Herr Nörres hat eine ausgestopfte Hasenpfote im Kaminzimmer gefunden und trägt sie seitdem an seinem Wanderrucksack mit sich herum! Er sagt, sie sei ein Talisman und bringe Glück. Igitt!

Juni

01. JUNI

18:30

Wie kann man nur jeden Tag wandern? Ich verstehe es nicht! Es gibt doch so viele schöne Sachen, die man im Sitzen machen kann. Oder sogar im Liegen! Lesen, Musik hören, Schreiben … Ich sehne mich nach meinem eigenen Bett! Zum Glück hat diese schweißtreibende Misere hier bald ein Ende!

20:05

Herr Nörres hat heute ein Gesangsbuch in einer Schublade gefunden und ein Lied namens „Marmor, Stein und Eisen bricht" gesungen, während Frau Schuster-Rübli ihn auf der Gitarre begleitet hat. Das Ergebnis: Alle Schüler haben die Flucht ergriffen!
Einschließlich Kalle und Olivia, die sogar heimlich in den Wald geschlichen sind. Eins steht fest: Ich muss den beiden nach! Seit der Liederabend zu Ende ist, fehlt auch von den Lehrern jede Spur. Ich kann mich also ganz unbemerkt zur Tür raus pirschen …

22:50

Meine Hand zittert! Ich habe gerade schon lange mit Franzi telefoniert und ihr alles erzählt, aber jetzt ist es an der Zeit, es auch in diesem Buch niederzuschreiben. Ich habe heute … den Anti-Amor enttarnt!
Aber von vorne: Alles begann mit Kalle und Olivia, die sich nach dem Abendessen rausschlichen. Ich bin ihnen gefolgt und habe gesehen, dass sie auf einer kleinen Waldlichtung TANZEN geübt haben. Nicht einmal hier konnten sie ihre Griffel voneinander lassen! Eng umschlungen schwebten sie über das Moos, zu Walzermusik aus Olivias Handy, das natürlich Netz hatte.

Keiner sonst hat Netz hier im Wald, aber bei Olivia klappt natürlich wieder mal ALLES. Ich habe die beiden durch die Bäume hindurch beobachtet, bis es mir zu viel wurde (also genau zwei Sekunden lang), dann bin ich über den Waldweg abgedüst. Ich wollte mir die Wut aus dem Bauch laufen.

Dabei habe ich fast Malte über den Haufen gerannt, der gerade joggen war. Olivias Ex-Freund. Er hat mich gefragt, wo ich hinwolle und dass bald ein Gewitter aufziehen würde.
Gewitter! Meine Wut war viel größer als ein Gewitter! Das habe ich Malte auch gesagt, der ein bisschen albern aussah in seinen neongelben Sportklamotten. Er hat tatsächlich sein Bein gedehnt, während er mit mir gesprochen hat.
„Okay, aber mein Onkel sagt, dass es gefährlich ist, bei Gewitter unter Bäumen zu sein."
„Dein Onkel hat mir nichts zu sagen!", gab ich knapp zurück und wollte schon weiterlaufen, als er sagte: „In diesem Fall schon. Mein Onkel ist nämlich Herr Nörres. Aber er ist ja selbst noch nicht zurück. Er braucht immer ewig, seit er sich den Fuß verstaucht hat."
Ich zuckte zusammen. „Moment!" Ich drehte mich langsam um und starrte Malte mit großen Augen an. „Moment! Dein Onkel ist Herr Nörres?!"

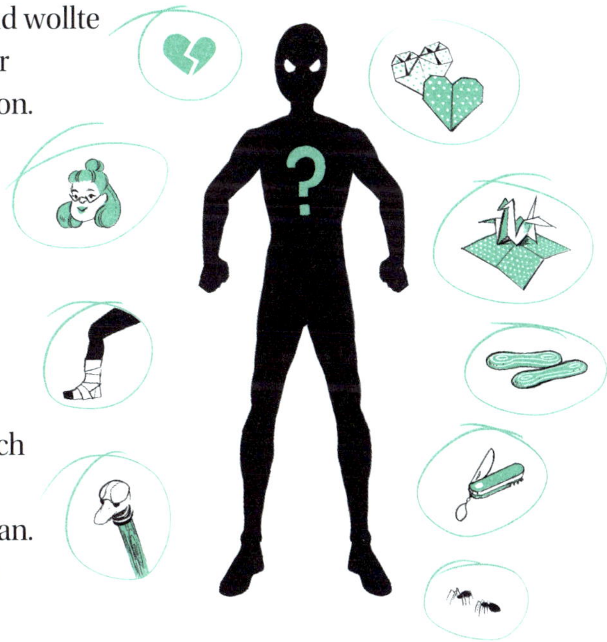

Plötzlich schaltete sich mit einem KLICK! mein Detektivgehirn ein, die Zahnräder und Schrauben fingen an, sich zu drehen, und Bilder aus meiner Erinnerung legten sich wie Schablonen übereinander: Herr Nörres ist Maltes Onkel. Olivia wurde vom Anti-Amor angegriffen, NACHDEM sie sich von Malte getrennt hatte. Malte wusste von nichts, aber vielleicht hat der Anti-Amor aus eigenen Stücken gehandelt, aus Loyalität zu seinem Neffen? Vielleicht war es doch kein Unfall gewesen, dass die Spinnen nicht unseren Lockvogel Leo, sondern Olivia attackiert hatten? Olivia, die sich so sehr vor Spinnen ekelt? So sehr, dass sie sich sogar bei einem Schulexperiment (beaufsichtigt von Herrn Nörres) geweigert hatte, mitzumachen! Herr Nörres wusste von dieser Phobie! Außerdem ist Anti-Amor bei seiner Flucht vor Franzi gestürzt und hat sich am Fuß verletzt. Genau wie Herr Nörres, der zu der Zeit krankgeschrieben war, in der der Anti-Amor sich so still verhalten hatte. Der Anti-Amor hat außerdem neben den Schülern auch eine Lehrerin attackiert: eine Frau, die er seit Jahren kennt, die er einst geliebt und die kürzlich geheiratet hat: Frau Schuster-Rübli! Deren Auto beim Elternabend neben dem meiner Mutter stand. Was, wenn Anti-Amor eigentlich Frau Schuster-Rüblis Auto hatte sabotieren wollen und es verwechselt hatte? Sowohl meine Mutter als auch Frau Schuster-Rübli fahren einen roten Kleinwagen.

Ich fuhr zu Malte herum.

„Malte! Ist dein Onkel gerade allein unterwegs?“ Malte hob die Schultern.

„Nee. Er ist der Schuster-Rübli nach. Sie wollte zu diesem Wasserfall, um Fotos zu machen.“

Moment: Wasserfall + Schuster-Rübli + Nörres = Racheplan! Ich musste unbedingt hinterher, bevor etwas passierte!

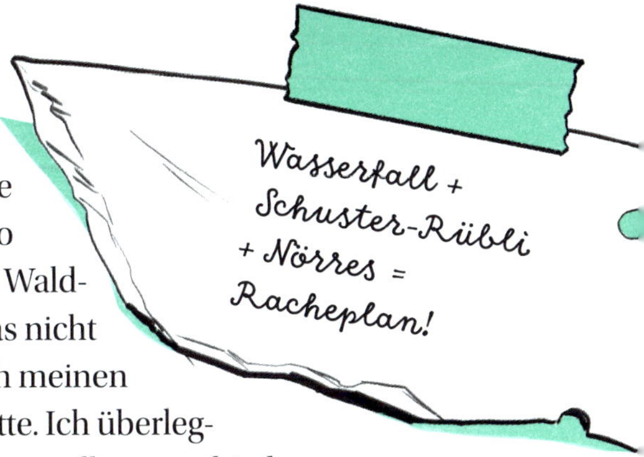

Ich ließ den verdutzten Malte einfach stehen und rannte, so schnell ich konnte, über den Waldweg Richtung Wasserfall. Was nicht besonders schnell war, da ich meinen Überlebens-Rucksack aufhatte. Ich überlegte kurz, ob ich ihn zurücklassen sollte, entschied mich aber dagegen. Ein Glück, denn kurz darauf passierte das Unglück: Ich stolperte über eine Wurzel und schlitterte auf meinem Po einen Abhang hinunter. Ich schrie auf und versuchte, mich festzuhalten, aber ich hatte keine Chance. Mein linker Fuß prallte gegen einen Felsbrocken und bremste meinen Sturz. Mein Knöchel knackte. Es tat höllisch weh! Tränen stiegen mir in die Augen. Ich wimmerte und umklammerte meinen Knöchel. Ich rief um Hilfe, aber niemand hörte mich. Erste Regentropfen fielen durch das Blätterdach und klatschten mir in den Nacken. Donner grollte und in der Ferne konnte ich den Wasserfall rauschen hören. Er war so nah und doch so fern, und ich saß dort im Unterholz völlig hilflos. Moment! Nicht völlig hilflos! Ich zerrte den Rucksack von meinem Rücken und durchwühlte ihn mit fliegenden Händen. Kompass, Taschenlampe, Wärmedecke … Trillerpfeife! Ich setzte sie an und stieß einen schrillen Pfiff in den Wald, der ein paar Vögel aufflattern ließ. Sonst passierte nichts. Ich pfiff und pfiff. Es regnete in Strömen, ich war nass bis auf die Haut. Ich hatte mich nie so einsam gefühlt. Dann sah ich plötzlich ein Licht flackern. Da war jemand am Waldrand, mit einer Taschenlampe, und er kam direkt auf mich zu. Ich winkte und pfiff, und dann war er da und ging neben mir in die Knie: Kalle! Er trug ein Regencape und sah mich unter der weiten Kapuze hervor besorgt an. „Kim, bist du verletzt?“

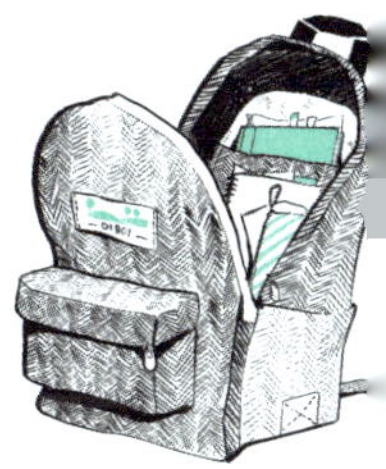

Ich nickte mit zusammengebissenen Zähnen. Wieder stiegen mir Tränen in die Augen.
Kalle fluchte leise. Er zog das Regencape aus, packte mich darin ein und half mir vorsichtig hoch.
„Warte", keuchte ich, als er mich Richtung Hütte führen wollte. „Ich muss zum Wasserfall!"
„Jetzt?!"
„Ja! Ich erklär's dir später! Hilf mir einfach!" Auf Kalle gestützt schleppte ich mich bis zum Waldrand. „Mist, Mist, Mist. Wir sind zu langsam!"

Kalle fackelte nicht lange. Er nahm mich auf den Rücken und trug mich. Ich klammerte mich an ihn und war ihm unheimlich dankbar, bis er witzelte: „Ich finde es ja sehr schmeichelhaft, dass du dich von mir tragen lässt. Aber hättest du dich nicht ein bisschen näher beim Wasserfall verletzen können? Du bist ganz schön schwer!"

Wie nett! Ich wette, das sagt er nie zu Olivia, wenn sie ihre Hebefiguren für den Schulball üben! Idiot! Plötzlich fiel mir wieder ein, dass ich ja immer noch sauer auf ihn war. Fast hätte ich ihn gezwungen, mich runterzulassen, aber leider war er meine einzige Chance, Frau Schuster-Rübli zu retten.

Zum Glück war der Weg ausgeschildert. In der Ferne grollte der Donner, als wir über einen Hügelkamm kamen und sich direkt vor uns das Plateau auftat, an dessen Ende der Wasserfall von hohen Felsen in einen Waldsee donnert. Zuerst sah ich nur Frau Schuster-Rübli. Zusammen mit meiner Mutter stand sie im Regenmantel am Ufer des Sees und machte Fotos von den Blumen, die dort wuchsen. Die beiden waren so vertieft, dass sie den Schatten nicht bemerkten, der oberhalb des Wasserfalls herumschlich. Ein Blitz zuckte in der Ferne und ich erkannte für den Bruchteil einer Sekunde ganz deutlich Herrn Nörres. Was hatte er vor? Erst, als ein weiterer Blitz den dämmrigen Abendhimmel erhellte, erkannte ich, dass er sich an einem Felsbrocken zu schaffen machte. Wollte er den etwa auf Frau Schuster-Rübli und meine Mutter fallen lassen? Das konnte nicht sein! Ich rutschte von Kalles Rücken. „Kalle? Lauf zurück zur Hütte und ruf die Polizei! Herr Nörres plant einen Anschlag auf Frau Schuster-Rübli!"
„Was?" Kalle starrte mich mit großen Augen an. „Bist du sicher?"

„Ich bin Detektivin. Ja, ich bin sicher." Ich wedelte mit der Hand. „Beeil dich!"

„Aber ich kann dich hier doch nicht allein lassen!"

Ich schüttelte ungeduldig den Kopf. Wir verloren kostbare Zeit. „Doch, du musst. Ich komm schon klar. Zusammen sind wir nicht schnell genug."

Kalle zog besorgt die Augenbrauen zusammen. Dann nahm er meine Hand und führte mich zu einem überdachten Felsvorsprung, wo ich mich auf einen Stein setzen musste. Er legte die Wärmedecke aus meinem Rucksack über mich. „Rühr dich nicht von der Stelle, bis ich wieder da bin." Er sah mir fest in die Augen. „Ich mein's ernst. Okay?"

Ich nickte mit zusammengebissenen Zähnen. Mein Knöchel pulsierte wie verrückt. „Geh schon! Beeil dich!"

Kalle nickte noch ein letztes Mal, drehte sich um und rannte in den Wald. Ich sah ihm nach, dann nach oben. Weit über mir hatte Herr Nörres einen großen Ast unter den Felsbrocken geschoben, der sich nun Zentimeter für Zentimeter nach vorn bewegte.

„Hebelwirkung", murmelte ich unwillkürlich und schloss die Augen. Herr Nörres war nicht blöd. Kalle würde es niemals schaffen, rechtzeitig die Polizei zu holen. Es blieb mir nichts anderes übrig: Ich musste Herrn Nörres aufhalten!

Ich biss die Zähne zusammen und tastete mich hinkend am Rand des Wasserfalls nach oben. Ich schürfte mir die Hände und Knie an den kantigen Felsen auf, aber es war mir egal. Ich war im Einsatz und hatte nur ein Ziel: Herrn Nörres das Handwerk zu legen! Doch oben angekommen verließ mich bei seinem Anblick der Mut. Er war ein erwachsener Mann mit einem fast verheilten Hinkefuß und ich ein

Mädchen mit einem frisch verknacksten Knöchel.
Wie sollte ausgerechnet ich ihn aufhalten?
Ich wünschte, Marie und Franzi wären bei mir, um mir zu helfen. Aber so konnte ich mir nur vorstellen, was sie zu mir sagen würden.
„Keine Angst, du schaffst das", würde Franzi sagen. „Lass den miesen Kerl nicht damit durchkommen!"
Und Marie würde sagen: „Einatmen, ausatmen, ruhig bleiben, Kim. Du bist klüger als er."
Mein Blick wanderte am Wasserfall nach unten, wo Frau Schuster-Rübli mit meiner Mutter am Ufer stand und vollkommen ahnungslos eine seltene Blume bewunderte.
Wir brauchten vor allem eines: Zeit! Ich gab mir einen Ruck und stellte mich Herrn Nörres in den Weg.
„Was haben Sie mit dem Felsbrocken vor, Herr Nörres?"
Er fuhr ertappt zu mir herum. „Mit welchem Felsbrocken?" Herr Nörres lachte künstlich auf und tätschelte den Felsbrocken wie einen Hund. „Mit dem hier? Nichts! Ich nehme nur eine kleine Gesteinsprobe. Ich bin Erdkundelehrer, schon vergessen?"
Ich verdrehte nur die Augen. Glaubte er wirklich, dass er damit durchkam? „Geben Sie auf, Herr Nörres. Oder sollte ich eher sagen: Anti-Amor! Sie gehört Ihnen nicht, sie liebt einen anderen!"
Herrn Nörres Mund klappte auf – und wieder zu. Er erkannte, dass er aufgeflogen war. Was aber nicht bedeutete, dass er reumütig aufgab. Seine Miene verfinsterte sich. „Was weißt du schon von der Liebe?", giftete er mich an. „Du bist ein Kind. Kinder wissen nichts über Liebe! Das ganze Gewinsel wegen irgendwelcher Trennungen. Amüsant, wirklich amüsant. Eure kleinen Dramen waren eine nette Einnahmequelle für mich."

„Aber deshalb haben Sie es nicht getan, richtig?", warf ich ein. „Als Lehrer verdienen Sie Geld und haben es nicht nötig, Schülern ihr Taschengeld abzuknöpfen. Was war der wahre Grund?" Ich trat näher an ihn heran. „Ihre eigene enttäuschte Liebe vielleicht?"

Herr Nörres legte den Kopf in den Nacken und lachte auf. „Gar nicht mal so falsch, Kim. Wäre das hier ein Erdkundetest, würde ich dir die volle Punktzahl geben."

Ich runzelte verärgert die Stirn. Was erdreistete der Kerl sich, jetzt auch noch blöde Witze zu machen?

Er schritt vor mir auf und ab und fuhr fort: „Ich gebe es zu. Ich habe den Anti-Amor aus Prinzip gespielt. Ich wollte mich für all jene einsetzen, die wie ich von der Liebe enttäuscht wurden." Er hob die Schultern. „Es war nur ein Spiel!"

Ich wurde wütend. „Ein Spiel, bei dem sie Menschen erschreckt und in Gefahr gebracht haben!"

Herr Nörres verdrehte nur die Augen. Donner grollte, ein Blitz zuckte. Am Fuß des Wasserfalls packten meine Mutter und Frau Schuster-Rübli lachend ihre Sachen zusammen. Herr Nörres sah mit mahlendem Kiefer zu ihnen hinunter. „Du entkommst mir nicht!", knurrte er und stemmte sich auf den Ast. Der Felsbrocken hob sich und kullerte ein Stück auf den Rand des Felsplateaus zu.

„Hören Sie auf!", rief ich, aber es hatte keinen Sinn.

Herr Nörres war völlig fanatisch.

„Mama!", schrie ich stattdessen. „Frau Schuster-Rübli, passen Sie auf!"

Aber sie hörten mich nicht. Der Donner und das Tosen des Wasserfalls verschluckten meine Worte. Es musste einen anderen Weg geben. Wieder durchwühlte ich den Rucksack, bis ich sie in meinen zitternden, regennassen Händen hielt:

Mädchen Power

Einatmen, ausatmen, ruhig bleiben …

die Signalpistole! Zwei Schuss, hatte Herr
Nörres gesagt. Ich richtete den Lauf in die
Wolken, kniff die Augen zusammen und
drückte ab! Eine rote Flamme schoss mit
einem Knall in den Himmel, doch im sel-
ben Augenblick donnerte es. Der Schuss
hatte seine Wirkung verfehlt. Ich fluchte leise:
nur noch ein Schuss. Letzte Chance … Ich erhob er-
neut die Pistole, drückte ab – und diesmal funktionierte es!
Ein lauter Knall zerriss die Stille zwischen zwei Donnerschlä-
gen. Meine Mutter und Frau Schuster-Rübli warfen die Köpfe
herum und sahen zu mir hoch, meine Mutter deutete auf das
rote Leuchtsignal in den Wolken. Ich lachte erleichtert.
„Was gibt's da zu lachen!", brüllte Herr Nörres, der zu mir he-
rumgefahren war. Er riss mir die Signalpistole aus der Hand.
„Woher hast du die?"
„Von Ihnen. Schon vergessen?", antwortete ich mit fester
Stimme.
Herr Nörres starrte die Signalpistole an, dann mich. Der Re-
gen rann ihm über das Gesicht. Er sah wahnsinnig aus, wie
er da so vor mir stand, von Blitzen umzuckt. Ich schluckte
schwer. Wieder donnerte es ohrenbetäubend, und plötzlich
drehte Herr Nörres sich um – und rannte! Er rannte, so schnell
ihn sein verletztes Bein trug, und ich muss sagen: Das war er-
staunlich schnell! Er humpelte den steilen Weg am Wasserfall
entlang und verschwand seitlich auf einem Sims, das unter
dem Wasserfall hindurchführte.
„Herr Nörres, passen Sie auf!", schrie ich, aber es war zu spät.
Herr Nörres rutschte auf dem glitschigen Sims aus und ver-
lor das Gleichgewicht. Er glitt mit rudernden Armen über die
Kante – und fiel. Ich schrie auf. In letzter Sekunde bekam er

den Rand des Simses zu fassen und klammerte sich fest, das Wasser rauschte nur Zentimeter hinter ihm donnernd in die Tiefe.

„Herr Nörres!" Ich richtete mich auf und humpelte auf ihn zu, unsere Blicke trafen sich und wir begriffen es im selben Moment: Herr Nörres schwebte in Lebensgefahr! In seinen Augen funkelte blanke Panik, als seine Finger langsam vom Sims abrutschten. „Kim Jülich!", krächzte er. „Hilf mir!"

Ich sah mich um.

„In meinem Rucksack", schnappte Herr Nörres, „ist ein Seil!"

Ich hinkte zu Herrn Nörres' Rucksack und zog ein Kletterseil heraus. Dann zögerte ich: Wenn ich Herrn Nörres das Seil zuwarf, würde er mich in die Tiefe ziehen. Er war zu schwer für mich.

„Wirf mir das Seil zu, worauf wartest du denn?", keuchte Herr Nörres panisch.

Ich wickelte das Seil einmal um einen Felsbrocken, bevor ich ihm das Ende zuwarf. Er packte es mit beiden Händen und fing an, sich hochzuziehen. Ich stemmte meine Füße in den Boden, aber ich hatte nicht genug Kraft. „Ich bin nicht stark genug alleine", rief ich verzweifelt.

Doch plötzlich hörte ich eine Stimme neben mir: „Du bist nicht allein!"

Meine Mutter!

Sie und Frau Schuster-Rübli mussten zu mir hochgeklettert sein. Dankbar schloss ich die Augen. Wir zogen mit vereinten Kräften und langsam schob sich Herr Nörres über den Rand, in Sicherheit. Er kroch schwer atmend zur Felswand und lehnte sich an. Das verletzte Bein lang ausgestreckt und die Augen geschlossen, sah er nicht so aus, als würde er in den nächsten Minuten einen

erneuten Fluchtversuch wagen. Ich hatte gewonnen. WIR hatten gewonnen, dachte ich und wandte mich meiner Mutter und Frau Schuster-Rübli zu, die mich mit großen Augen anstarrten.

„Was ist denn eigentlich los?“, flüsterte Frau Schuster-Rübli.

Ich erzählte es den beiden mit knappen Worten: von Herrn Nörres' Liebe zu Frau Schuster-Rübli, seiner Eifersucht, dem Anti-Amor und dem versuchten Anschlag. Frau Schuster-Rübli zog die Augenbrauen zusammen. „Moment. Das kann nicht sein. Wir waren damals ja nur kurz zusammen. Eigentlich war Theodor immer in Brigitte verliebt. Er hat ihr jeden Tag Katzenzungen mitgebracht.“

Ich erstarrte. „Brigitte wer?“, fragte ich, obwohl ich die Antwort schon kannte.

Frau Schuster-Rübli sagte: „Na, welche Brigitte schon.“ Sie schaute zu meiner Mutter.

„Mama?!“ Aber sie hörte mich nicht. Mit verschränkten Armen war sie auf Herrn Nörres zugetreten, der immer noch total geschafft an der Felswand lehnte. Auf ihrer Stirn war eine tiefe Falte entstanden, die ich nur zu gut kannte. Meine Mutter war WÜTEND.

Plötzlich wurde mir alles klar. Herr Nörres hatte gar nicht Frau Schuster-Rübli schaden wollen – sondern meiner Mutter. Hatte mein Vater nicht neulich steif und fest behauptet, die Katzenzungen vor der Tür seien nicht von ihm gewesen? Die roten Origami-Herzen im Tank des Autos meiner Mutter: keine Verwechslung, sondern Absicht! Alles war Absicht gewesen!

„Natürlich“, murmelte Frau Schuster-Rübli plötzlich. „Die Origami-Herzen!“ Ich sah sie fragend an. „Theodor hat vor zwei Jahren einen Origami-Kurs geleitet. Das ich da nicht gleich dran gedacht habe!“

Ich erinnerte mich sofort an Ayumis Aussage, dass auch ihr Freund Louis an einem solchen Kurs teilgenommen hatte. Das musste der von Herrn Nörres gewesen sein, und offenbar hatte er noch Papier übrig gehabt: Die Dame im Deko-Shop hatte ja gesagt, dass diese spezielle Farbe seit zwei Jahren nicht mehr im Programm war …
„Theodor ist wirklich unmöglich!", entfuhr es mir.
„Für dich immer noch HERR NÖRRES, Kim!", sagte Herr Nörres, ohne den Kopf zu heben.
Ich warf ihm einen ungläubigen Blick zu und wollte schon etwas erwidern, aber meine Mutter hob die Hand. „Ich glaub's nicht. Du wolltest ernsthaft einen STEIN auf mich werfen?"
Herr Nörres hob die Arme. „Ich wollte dich nicht treffen, Brigitte. Ich wollte nur … einen Steinschlag auslösen. Es sollte aussehen wie ein Unfall, als wärst du in dem Steinschlag verschwunden. Und dann wollte ich dich entführen, auf eine einsame Insel! Wie in … ‚Liebe hinterm Horizont!'"
„Das ist nur ein FILM! Theodor! Ich habe dir doch damals schon gesagt, dass ich nur Gefühle für Peter habe!"
Herr Nörres machte ganz schmale Augen. „Peter Jülich, der alte Bastel-Fuzzi?", ätzte er gehässig. „Der verrückte Uhrmacher, für den du MEIN Herz gebrochen hast?"
„Er ist kein verrückter Uhrmacher!", wetterte meine Mutter. „Er ist mein Mann und ich liebe ihn! Ist er manchmal konfus und zerstreut? Vergisst er Jahrestage? Geht er nicht gern in Liebesfilme, anders als ich? Ja, ja und ja! Aber er ist der humorvollste und liebenswerteste Mensch, den ich kenne! Ich werde ihn nie verlassen, schon gar nicht für einen Irren wie dich!"
Herr Nörres sah plötzlich aus wie ein begossener Pudel.
Er presste die Lippen zu einer dünnen Linie zusammen und schielte auf die Gruppe von Polizeibeamten, die gerade,

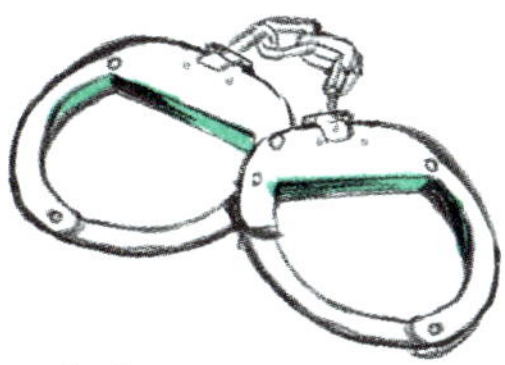

angeführt von Kalle, aus dem Wald traten.
„Na endlich!“, flüsterte ich erleichtert.
Herr Nörres deutete missmutig auf mich. „Kim Jülich? Du bist die schlimmste Schülerin, die ich je hatte!“
„Danke!“, sagte ich fröhlich. Mal ganz ehrlich, aus SEINEM Mund war das ja wohl ein Kompliment. Er verdrehte die Augen. Mürrisch ließ er es zu, dass die Polizeibeamten ihm Handschellen anlegten und Richtung Gondelstation abführten. Er warf uns noch einen letzten, wütenden Blick zu, dann verschluckten ihn die Bäume.
„Sorry, dass es so lange gedauert hat“, sagte Kalle. „Sie wollten mit dem Hubschrauber kommen, aber das Wetter war zu schlecht.“ Er klang beinahe enttäuscht. Ich gab ihm einen verlegenen Rippenstoß. „Alles gut. Wir hatten die Situation im Griff.“
Meine Mutter legte liebevoll ihren Arm um mich.
„Allerdings! Wir drei könnten auch ein Detektivtrio sein, oder?“, witzelte Frau Schuster-Rübli.
„Gute Idee!“
Meine Mutter knuffte mich scherzhaft in die Seite. „Die drei Kommas oder so was.“

Ich sah ihr ernst in die Augen. „Mama? Ich hab dich echt lieb, aber: Vergiss es!“

Sie starrte mich einen Moment lang mit hochgezogenen Augenbrauen an – und dann mussten wir plötzlich lachen. Endlich fiel die ganze Anspannung von uns ab und wir schlossen uns fest in die Arme.

„Ich bin froh, dass du nicht entführt worden bist“, murmelte ich in Mamas Schulter.

Zusammen gingen beziehungsweise hinkten wir zurück zur Hütte. Es war spät und wir waren alle total fertig von der Aufregung. Eine heiße Dusche und eine Tasse Tee später kroch ich ins Bett, rief zuerst Franzi an und holte dann dich, liebes Tagebuch, raus, um diesen Eintrag zu machen. Jetzt weißt du Bescheid. Mir tut alles weh, vor allem mein Knöchel! Ich muss schlafen. Ich hoffe, ich KANN nach alledem schlafen. Ich bin so aufgewühlt. Aber auch wahnsinnig müde …

03. JUNI

15:50

Endlich wieder zu Hause. Ich liege in meinem Bett und schone mein Bein. Meine Mutter hat mich heute Morgen doch zum Arzt gefahren, weil die Schmerzen immer schlimmer geworden sind. Es hat sich rausgestellt, dass ich mir den Fuß nicht nur verknackst, sondern angebrochen habe. Das bedeutet: Gipsbein und Tanzverbot! Wobei Letzteres egal ist: Ich habe keinen Partner. Wozu also auf den blöden Ball gehen?

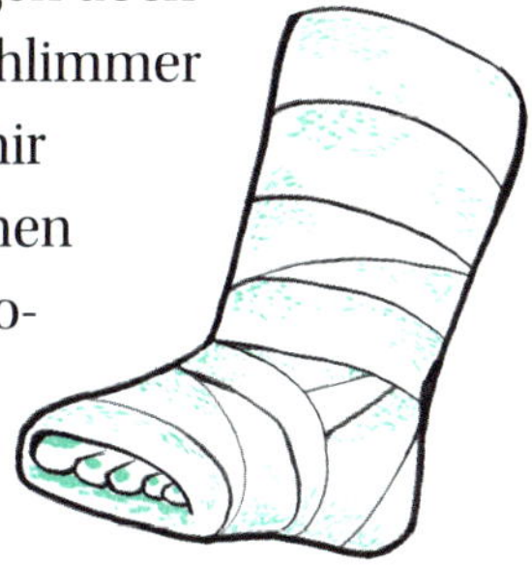

19:50

Mama war gerade hier im Zimmer und hat mir Kakao und Kekse gebracht. Sie sagt, Kommissar Peters habe sie angerufen und zu einer Aussage aufs Revier gebeten. Offenbar wird Herrn Nörres jetzt der Prozess gemacht wegen versuchter Entführung UND Körperverletzung in mehreren Fällen! „Ich habe es doch immer gewusst, Lehrer sind total verrückt!", sagte ich. Meine Mutter drohte mir daraufhin an, die Schokoladenkekse durch Knäckebrot zu ersetzen. Ich nahm sofort alles zurück!

04. JUNI

09:45

Der Tag des Schulballs. Hätte nie gedacht, dass ich mal so traurig sein würde, nicht mitmachen zu können. Aber ich meine, was hätte ich denn auch davon? Mal ganz ehrlich?

Pro und Kontra

Kalle wird da sein.

… aber er wird mit Olivia tanzen .

Franzi wird da sein.

… aber Marie wird NICHT da sein.
(Sie hat nach der Sache mit Herrn Lehmann nie wirklich nach einem richtigen Tanzpartner gesucht.)

Es gibt Kuchen, massenweise Kuchen.

… der mir im Hals stecken bleiben wird, wenn ich Olivia und Kalle tanzen sehe.

Ich habe monatelang dafür gearbeitet.

… mit Kalle, also wird mich alles an ihn erinnern.

Ich habe sogar Tanzen gelernt.

… aber seit Tagen nicht mehr geübt: Gips!

Ja, Kalle WIRD definitiv da sein.

… und ich vermisse ihn SO sehr!!! Aber er mag mich nicht, also wird es nur wehtun!!!

Mist: Pro klingt zu gut! Dabei wollte ich mich doch besser fühlen – und nicht schlechter! Am besten schmeiße ich jetzt eine DVD rein und ertränke meinen Kummer in ganz viel Kakao mit Sahne!

17:05

Ich hadere vor der Glotze mit meinem Schicksal.
Es klingelt an der Tür. Soll wer anders aufmachen.

23:00

Ich habe einfach die besten Freundinnen auf der ganzen Welt! Gerade hadere ich noch vor der Glotze mit meinem Schicksal – und plötzlich stehen Marie und Franzi vor mir! Zum Glück hat meine Mutter die Tür aufgemacht und sie reingelassen. Marie hat ganz feuchte Augen bekommen, als sie mein Gipsbein gesehen hat, und ist mir einfach um den Hals gefallen. Sie hat mich so fest gedrückt, dass ich fast keine Luft mehr bekommen habe.

„Kim, ich bin so froh, dass dir nicht mehr passiert ist!"

„Marie, drück' mich bitte nicht tot!", habe ich gejapst. „Ich habe schon ein Bein weniger!"

Wir haben alle gelacht und dann hat Marie mich noch mal fest gedrückt und gesagt, dass ihr alles leidtue.
„Nein, MIR tut es leid!", rief ich dazwischen. „Ich hätte wirklich vorher mit dir reden sollen!"
„Nein, MIR tut es leid!", wehrte Marie meinen Versuch ab. „Du hattest recht, es war naiv, an diese komische Brief-Beziehung zu glauben."
Ich schüttelte den Kopf. „Nein, MIR tut es leid ..."
„Jajaja, allen tut es leid!", rief Franzi grinsend dazwischen. „Können wir jetzt vielleicht mal weitermachen im Text?" Franzi warf sich zwischen mich und Marie auf das Sofa.
Marie räusperte sich und sah mich ernst an. „Du hattest recht, Kim. Herr Lehmann ist wirklich viel zu alt für mich. Ich meine: Er trägt die gleiche Jacke wie mein Vater. Mein VATER!

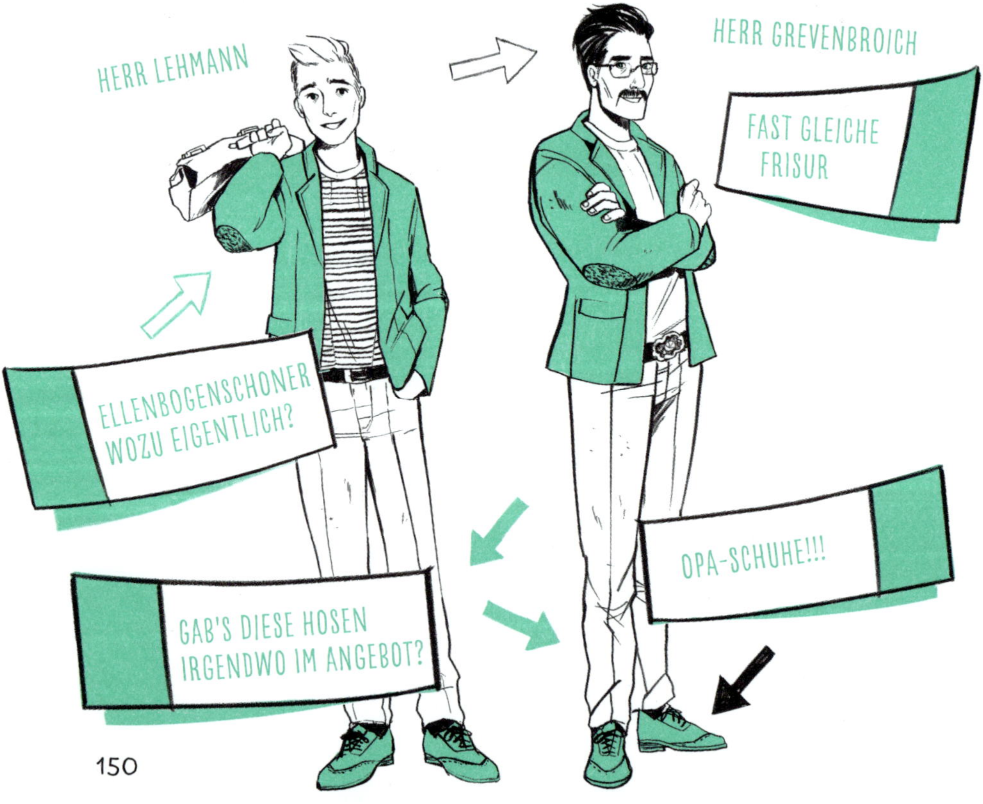

Außerdem spielt er in seiner Freizeit Golf. Ganz schön langweilig, oder?“

Ich lächelte sie an. Ich war froh, dass sie endlich wieder mit mir sprach. Plötzlich fiel mir auf, was sie anhatte: ein glitzerndes Ballkleid. Ich drehte mich zu Franzi um. Auch sie trug ein Ballkleid – wenn auch ein eher sportliches Modell. „Franzi! Du hast ein Kleid an!“

Franzi riss die Augen auf und sah gespielt überrascht an sich hinunter: „Echt? Oh, du hast recht!“ Dann lachte sie: „Mensch, Kim, klar hab ich ein Kleid an. Heute ist der Ball, oder? Marie und ich gehen hin und du“, sie nahm meine Hand, „kommst mit! Darf ich bitten?“

Ich sah zu Marie, die eine kleine Verbeugung machte. „Moment!“ Ich schaute zwischen den beiden hin und her. „Versteh’ ich das richtig? Ihr seid gekommen, um mich für den Schulball abzuholen?“

„Klar!“ Marie grinste und gab mir einen Rippenstoß. „Wir wollten dich ein bisschen ablenken. Ist doch besser, als den ganzen Abend vor der Glotze zu hängen, oder?“

Ich hob zaghaft einen Finger. „Da kommt aber heute ein guter Krimi …“

„Kim!“ Franzi stemmte die Arme in die Hüften. „Warum stellst du dich so an? Ist es wegen Kalle?“

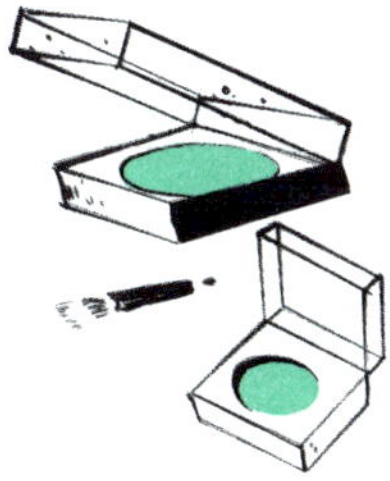

„Kalle? Wieso Kalle, hat irgendjemand Kalle gesagt …“, stammelte ich. Dann ließ ich genervt die Luft aus den Backen: Wem machte ich hier eigentlich was vor? Ich ließ mich zurück in die Polster fallen. „Ihr habt recht. Kalle ist Geschichte. Ich hab keinen Tanzpartner, also kann ich es auch gleich lassen.“ Ich umarmte ein Kissen. „Mein neuer Freund Kissen und ich machen es uns einfach auf dem Sofa gemütlich und …“

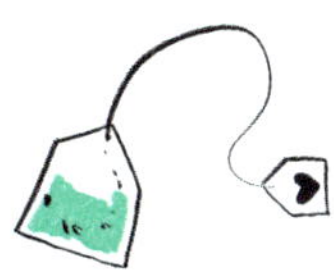

BESTE FREUNDE

Franzi zog mir das Kissen weg und warf es in die Ecke.

„He!“, rief ich. „Das war mein neuer Freund.“

Marie schnappte sich mein Kinn und zwang mich, ihr in die Augen zu sehen. „Kim? Jetzt hör mir mal zu. Franzi und ich haben auch keine Tanzpartner!“

„Hä? Aber ich dachte, Leo …“ Ich sah Franzi fragend an.

Sie hob die Schultern. „Leo hat Grippe. Deshalb dachten wir, wir gehen zu dritt zum Ball. Als Freundinnen. Marie?“ Franzi grinste Marie an, die mit einem Ruck einen Kleidersack hinter ihrem Rücken hervorzog: „Tadaaa!“

Ich starrte den Kleidersack misstrauisch an. „Was ist da drin?“

„Was wohl? Dein Ballkleid!“, rief Marie mit leuchtenden Augen.

Zuerst freute ich mich wahnsinnig! Aber dann holte die Realität mich wieder ein – und mit ihr mein Gipsfuß. Ich seufzte tief. „Mädels, ich würde wirklich gerne mitgehen, glaubt mir. Aber … habt ihr da nicht eine Kleinigkeit vergessen?“ Ich deutete auf meinen Fuß. „Ich hab ’nen Gips! Wie soll ich damit tanzen?“

Im Grunde musste ich mich nur vor den Spiegel setzen. Marie übernahm wie eine professionelle Stylistin alles andere: Sie half mir in ein hübsches Kleid mit Faltenrock (genau mein Stil!), knetete meine kurzen Haare in Form und legte mir, passend zum Thema „Winterzauber“, eine weiße Kunstfelljacke um, die sie irgendwo aus den Tiefen ihres Rucksacks zauberte. Dazu eine kleine Tasche mit Pailletten, einen rosa Turnschuh an den gesunden Fuß, ein paar Schleifen und Ketten um den bandagierten Fuß: fertig!

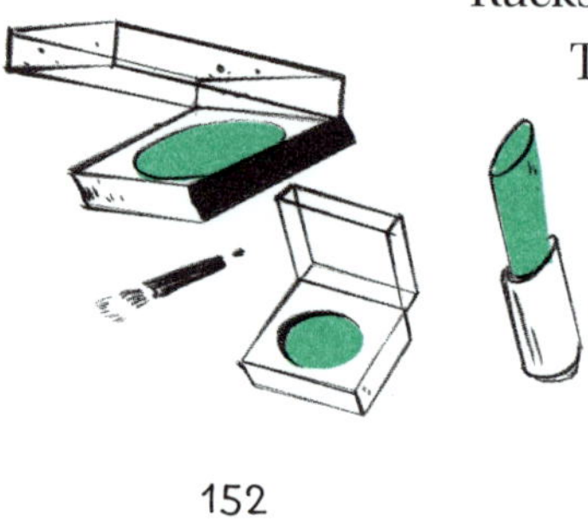

Ein Wintermärchen

Ich sah aus wie aus einem Wintermärchen entsprungen, und ich fühlte mich auch so, als wir wenig später die hell erleuchtete Turnhalle betraten. Lampionketten, die aussahen wie Eiskristalle, zogen sich unter der Decke entlang und streuten schimmernde Lichtreflexe über die Szenerie. Ich hätte es vor ein paar Wochen nicht für möglich gehalten, aber unsere Turnhalle sah wirklich aus wie ein Winterpalast. Ein ziemlich gut besuchter Winterpalast! Kristina hatte Garderobendienst und nahm mit zwei anderen Mädchen die Jacken entgegen. Olivia stand oben auf der Bühne und flüsterte Ayumi, unserer DJane für den Abend, gerade einen Musikwunsch ins Ohr. Natürlich sah Olivia blendend aus. Nicht so blendend wie Marie, aber blendend genug. Kalle konnte es sicher kaum erwarten, mit ihr das Tanzbein zu schwingen. Bei dem Gedanken sank meine Laune gleich wieder Richtung Keller.

„Mädels, ich brauch einen Drink!" Eingehakt bei Franzi und Marie, humpelte ich zur Saftbar, um meinen aufkommenden Frust in einem Glas Früchtepunsch zu ertränken.

„Prost!" Ich stieß mit Franzi und Marie an und kippte das Glas in einem Zug herunter. Ich knallte es auf die Bar. „Noch einen!", sagte ich düster zu Robin, der affektiert die Augenbrauen hochzog.

„Du hattest genug, Kim!", sagte er wichtigtuerisch. „Andere Gäste wollen auch noch …", aber dann traf ihn mein Todesblick und er korrigierte sich schnell, „… ich meine: Bitte sehr, bitte gleich!" Er schenkte mir ein. Dabei sah er mir über die Punschschüssel hinweg verschwörerisch in die Augen.

„Dürfte ich dich um deinen ersten Tanz bitten, Kim Jülich?“ Franzi, die das gehört hatte, lachte ihn aus. „Aus welchem Jahrhundert kommst du, Robin?
Außerdem, wenn Kim ihren ersten Tanz jemandem versprochen hat, dann ja wohl uns!“
Widerstrebend ließ ich mich von ihr und Marie auf die Tanzfläche ziehen. Ich hatte solche Angst, doof auszusehen mit meinem Gips. Olivia war auch schon zum Tanzen übergegangen. Sie sah so elegant aus, wie sie in ihrem hellgelben Kleid über den Hallenboden flog, in den Armen … eines fremden Jungen?

Wo war Kalle? Ich reckte den Kopf, aber ich konnte ihn nirgendwo sehen.
„Komm, Kim!" Marie nahm meine Hände und drehte sich vorsichtig mit mir im Kreis, während Franzi mich stützte. „Ein Gipsbein ist wirklich keine Ausrede, nicht zu tanzen, oder?" Franzi zwinkerte mir zu. „Wozu hast du uns, deine zwei besten Freundinnen … und treue Krücken!"
Wir lachten. Franzi und ich konnten uns zwar an keinen einzigen Schritt aus dem Tanzunterricht mehr erinnern, aber Freestylen machte sowieso viel mehr Spaß. Olivia warf uns säuerliche Blicke zu, als wir wie drei Verrückte in unseren Ballkleidern über die Tanzfläche hüpften. Allein für ihren Gesichtsausdruck hatte es sich gelohnt zu kommen, dachte ich, als mir plötzlich jemand auf die Schulter tippte. Ich erstarrte. „Ist es Robin?", fragte ich Franzi leise. „Sag mir bitte, ob ich mich umdrehen kann!"
Franzi nickte. „Jep. Ich glaube, du kannst!" Sie grinste bis über beide Ohren.
Ich drehte mich um und vor mir stand … „Kalle?"
Kalle sah an seinem – sehr schicken! – Anzug hinunter und hob seufzend die Arme. „Mist. Ich wusste, dass du mich in dem Aufzug nicht erkennen würdest. Aber ja: Ich bin es!"
Er hielt mir seine Hand hin. Ich starrte die Hand an. „Kann ich dir irgendwie helfen, Kalle?"
„Ja. Darf ich bitten, Kim?"
Ich reagierte nicht gleich, ich war zu überrascht. Forderte Kalle mich gerade wirklich zum Tanz auf? Anscheinend! Ich schluckte meine Überraschung hinunter und sagte: „Na ja. Wir wurden einander zugelost, also … streng genommen sind wir dazu verpflichtet, oder?"

Darf ich bitten, Kim?

„Jep. Ich dachte zwar, du kommst heute Abend nicht, wegen des Gipsbeins. Aber jetzt bist du ja doch da und es bleibt uns wohl nichts anderes übrig, als miteinander zu tanzen, Kim Jülich!“

Ich drehte mich bedauernd zu Marie und Franzi um. „Muss wohl sein. Entschuldigt ihr mich einen Moment?“

Die beiden grinsten wie zwei Honigkuchenpferde: „Na klar!“

Ich nahm würdevoll Kalles Hand und ließ mich von ihm über die Tanzfläche führen, vorbei an Robin, der aussah, als würde er uns am liebsten mit Giftpfeilen beschießen. Wir stellen uns zwischen zwei Säulen aus Pappmaschee, die wir zusammen gebastelt hatten und die „Eiszapfen“ darstellen sollten.

„Gute Arbeit!“, sagte ich und deutete auf die linke Säule.

„Gleichfalls“, sagte Kalle und tippte die rechte Säule an, die daraufhin ins Trudeln geriet. Er hielt sie schnell fest. „Ups!“ Wir lachten verlegen. Dann schlenkerten wir mit den Armen.

„Jaaa, also …“, sagte ich.

Wir wussten nicht, wie wir anfangen sollten. Dabei hatten wir diesen doofen Tanz doch wochenlang geübt! Vielleicht stand einfach doch noch zu viel zwischen uns, dachte ich – und damit meinte ich nicht Robin, der sich in diesem Moment mit beleidigter Miene und einem Tablett voller Eiskonfekt zwischen uns durchquetschte. Ich meinte eher all die unausgesprochenen Dinge, die sich in den letzten Wochen angehäuft hatten: Olivia, Kalles Abwesenheit … Ich verschränkte die Arme und sah stirnrunzelnd auf meine Schuhspitzen. Vielmehr: auf meine Schuhspitze und meine Gipsspitze!

„Warum bist du nicht mit Olivia hier? Ich dachte, sie ist deine Tanzpartnerin?“ Ich schielte verstohlen zu Kalle hinauf. Er runzelte die Stirn und sah verwundert hinüber zu Olivia.

„Meine Tanzpartnerin? Wieso denkst du das?“
Wollte er mich auf den Arm nehmen?
„Willst du mich auf den Arm nehmen?“, fragte ich.
Er grinste.
„Total gern, aber als ich dich das letzte Mal getragen habe, hattest du so eine miese Laune …“
Ich musste lachen und gab ihm einen Schubs. Idiot! Dann wurden wir wieder ernst. Kalle gab zu, dass er Olivia um extra Tanzstunden gebeten habe.
„Ich dachte, dass ich vielleicht zu schlecht für dich bin“, sagte er leise.
„Was? Ich war doch auch nie viel besser als du! Wie kommst du denn auf so was?“
„Es war wegen des Briefs …“ Kalle kratzte sich verlegen am Kopf. „Den du im Unterricht geschrieben hast? Den ich nicht lesen durfte? Der war doch“, er wurde rot, „an einen Jungen, oder?“
Einen Moment lang starrte ich ihn einfach nur an. Welcher Brief? Oh Mann! Ich schlug mir – innerlich – die Hand vor die Stirn. Der Brief, den ich in Maries Namen geschrieben hatte, um Herrn Lehmann in den Park zu locken. Kalle hatte gedacht, ich hätte ihn an einen anderen Jungen adressiert.
Es war alles ein großes Missverständnis!
„Das mit dem Brief kann ich dir erklären …“, fing ich an, aber eine genervte Stimme unterbrach mich: „Wollt ihr hier Wurzeln schlagen oder tanzen?“, schnappte Olivia über meine Schulter. „Ihr steht im Weg!“ Und schon war sie wieder weggetanzt.
Kalle rollte mit den Augen. Er nahm meine Hände und wir

fingen an, uns langsam im Kreis zu drehen.

„Geht es?“, fragte er mit Blick auf meinen Gips.

Ich nickte. Ich muss zugeben, ich hatte den Schmerz fast ein bisschen vergessen ...

„Diese Frau ist so anstrengend“, sagte Kalle und deutete mit dem Kinn auf Olivia, die sich gerade mit ihrem sehr mürrischen Tanzpartner stritt, „ein Wunder, dass ich es so lang mit ihr ausgehalten habe.“

„Wie hast du es denn ausgehalten?“, fragte ich.

Er lächelte mich vielsagend an. „Na ja. Ich hab mir immer wieder gesagt, wofür ich es mache ... und für wen ...“

In meinem Bauch breitete sich ein warmes Gefühl aus.

„Und wieso hast du ausgerechnet SIE gefragt?“

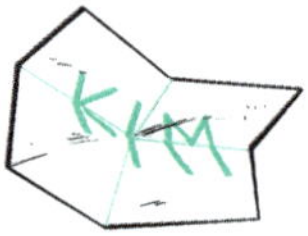

Kalle lief plötzlich wieder rot an. Er lief ziemlich oft rot an an diesem Abend. Irgendwie auch süß ...

„Ich kenne sie noch von früher“, gab er zu, „als ich klein war. Wir waren mal zusammen im ... Gngngn.“ Das letzte Wort vernuschelte er absichtlich.

Ich grinste breit. „Wie war das? Wo wart ihr?“

Er legte mit einem gequälten Stöhnen den Kopf in den Nacken.

„Muss ich es echt noch mal sagen?“

„Jep. Musst du.“

„Ich komm mir vor wie bei einem Verhör!“

„Ich bin Detektivin. Also?“

Kalle zog eine Grimasse: „Im Tanzverein.“

Ich prustete los. Ich musste so sehr lachen, dass ich kaum noch tanzen konnte. Kalle sah mir augenrollend zu.

„Jaja, sehr witzig. Bist du dann fertig mit Lachen, Kim?“

Ich hob einen Finger, immer noch kichernd: „DU warst im Tanzverein? Ist ja nicht viel hängen geblieben, was?“

„He, da war ich 5 Jahre alt! Wir sind die meiste Zeit auf

dem Boden rumgerobbt und haben getan, als seien wir Regenwürmer … Hör auf zu lachen jetzt!“
Aber er musste selbst lachen. „Und erzähl es bloß keinem, Kim Jülich, ich hab nämlich ’nen Ruf zu verlieren!“
„Ach, tatsächlich? Dann hoffen wir mal, dass es keiner hört und mit schwarzem Filzstift an die Klowand schreibt …“, sagte ich extra laut, um Kalle zu ärgern. Er riss die Augen auf, als wollte er sagen: Untersteh dich!

Genau in diesem Moment knackte es in den Lautsprechern und Olivias zickige Stimme hallte schrill von den Wänden der Turnhalle wider. Ein paar Tänzer verzogen schmerzerfüllt die Gesichter.

„Liebe Gäste“, schrillte Olivia, „in zwanzig Minuten beginnt unsere große Eiskunstlauf-Show! Zuvor werden die 8. Klassen der Georg-Lichtenberg-Gesamtschule sich noch an einer Variation des langsamen Walzers versuchen, die ich ihnen in den letzten Wochen versucht habe, beizubringen.“ Sie hüstelte vielsagend in ihren hellgelben Seidenhandschuh. „Einigen leider vergeblich. Ich nenne keine Namen, aber die Betroffenen wissen schon, dass sie gemeint sind. Oder, Kim?“
Ich rollte mit den Augen: Klar, dass sie sich diese spitze Bemerkung nicht hatte nehmen lassen!
„Und roll nicht mit den Augen! Das hab ich gesehen!“ Olivia funkelte mich über die Köpfe der Tanzenden hinweg an. Alle drehten sich zu mir um. Na toll. Ich hob verlegen die Hand und nickte der Menge zu. Hi! Kalle musste sich neben mir das Lachen verbeißen. Ich gab ihm einen Fußtritt. (So gut das eben ging mit meinem Gips.) „He! Lach nicht!“
„Sorry, ist Rache für vorhin …“ Er nahm meine Hand in

Es war ein magischer Moment …

seine und legte mir die andere um die Hüfte. Eine langsame Walzermusik knisterte aus den Lautsprechern, zu der wir uns im Kreis drehten. Olivia, das Mikrofon noch in der Hand, sah uns von der Bühne aus zu. Ziemlich sauertöpfisch.
„Wie hast du die Zicke eigentlich dazu gebracht, mit dir zu üben?", fragte ich.
Kalle hob die Schultern. „Sie hatte ja auch keinen Tanzpartner mehr, nachdem mit Malte Schluss war. Sie wollte nur ‚in Form' bleiben, bis ihr neuer Freund aus Hamburg kommt."
Kalle deutete mit dem Kinn auf Olivias Tanzpartner, der gerade mit beleidigter Miene ein Glas Früchtepunsch herunterkippte. Er und Olivia schienen sich so sehr gezankt zu haben, dass nicht einmal die Walzer-Variation mehr für sie drin war.
„Olivia hat ihn an einem Wochenende bei ihrer Tante kennengelernt und zum Ball eingeladen. Tja, die Anreise scheint sich ja nicht gerade gelohnt zu haben für ihn …"

Plötzlich dimmte jemand das Licht und der ganze Ballsaal wurde in einen schummrigen, bläulichen Schimmer getaucht. Ein Raunen ging durch die Menge, als Bodennebel um die Füße der Tanzenden waberte. Ein toller Effekt, dachte ich und warf einen kurzen Blick hinüber zu Louis, der mit Kristina die Nebelmaschine hereingerollt hatte. Die anderen Tänzer verschwanden langsam in den Schwaden und es schien plötzlich, als wären Kalle und ich die einzigen Menschen auf der Welt, als tanzten wir ganz allein in einem Palast aus Schnee und Eis. Ich lächelte Kalle an, er lüftete elegant meinen Arm und ich drehte mich in einer Pirouette einmal um mich selbst. Es fühlte sich so leicht und frei an, als hätte ich gar kein Gipsbein. Ich konnte es kaum glauben: Ich, Kim Jülich, war wirk-

lich hier, auf dem Schulball! Ich hatte einen Tanzpartner, und zwar den besten, den man sich wünschen konnte. Wer wusste schon, ob nicht auch mehr daraus werden konnte …? Kaum hatte ich diesen Gedanken zu Ende gedacht, als ich auch schon ungeschickt über Kalles Fuß stolperte.
„Aua", sagte er mechanisch, wie ein Roboter. Ich schloss genervt die Augen und seufzte.
„Sorry, mein blöder Gips ist ständig im Weg … und außerdem kann ich keinen einzigen Schritt mehr, wenn ich ganz ehrlich sein soll!" Ich zog eine Grimasse. „Sorry."
„Ach. Ich auch nicht", sagte Kalle ungerührt. „Olivia hat sich zwar Mühe gegeben mit mir, aber ich bin ein hoffnungsloser Fall. Hat sie selbst gesagt."
„Echt? Ich bin AUCH einer!", rief ich begeistert. „Willkommen im Club, Kalle!"

„Wir passen halt echt gut zusammen, Kim!", grinste Kalle. „Ist ja auch egal mit dem Walzer. Freestylen macht sowieso viel mehr Spaß." Dann legte er seine Arme um mich und zog mich näher zu sich heran. „Sorry, aber ich muss dich ein bisschen besser festhalten", sagte er unschuldig, „damit du nicht noch mal umfällst. Ist zu deiner eigenen Sicherheit."
Ich nickte grinsend. Schon klar! Wir drehten uns gemeinsam im Kreis zur Musik, und dann, als ich schon gar nicht mehr damit gerechnet hatte, fing es plötzlich an zu schneien: Zarte Schneeflocken aus Papier rieselten von der Hallendecke auf uns herunter. Es war ein magischer, märchenhafter Moment. Wir lächelten uns an, und für einen Moment schien die Zeit einzufrieren, als Kalle sich vorbeugte – und wir uns küssten!

So. Du fragst dich, warum ich hier abbrechen muss, liebes Tagebuch? Du willst mehr wissen, liebes Tagebuch? Tja, dann musst du dich wohl noch ein bisschen gedulden … Ich muss jetzt schlafen. Bin nämlich morgen mit Kalle zum Eisessen verabredet – und wie ich uns kenne, werden wir mindestens 20 Sorten durchprobieren!

Ende

Leseprobe

144 Seiten, €/D 8,99
ISBN 978-3-440-16224-8

Skandal im Livestream: Wer sabotiert die Videos von Blogstar Lena, bekannt als Supergirl? Während Kim, Franzi und Marie sich des Falls annehmen, gehen Supergirls Klickzahlen durch die Decke. Doch der Ruhm hat einen faden Beigeschmack ...

Lies doch mal rein!

Beste Freundinnen?

»Und jetzt raus mit dir!«, sagte Marie und warf ein dickes Sofakissen nach ihrem kleinen Bruder Finn. »Kim und Franzi kommen gleich zum Mädelsnachmittag.«
Sie füllte eine Schale mit frischen Erdbeeren und stellte eine Karaffe mit Wasser, in das sie Minzblätter und Gurken getan hatte, auf den runden Tisch, der vor ihrer gemütlichen Sofaecke mit großen Samtkissen stand.
»Aber ich will auch Mädelsnachmittag haben«, meckerte Finn und schob beleidigt die Unterlippe vor.
»Tja, wenn du bleibst, ist es nur leider kein Mädelsnachmittag mehr, sondern ein Finn-Spaß-und-Spiel-Nachmittag.« Marie setzte sich neben ihn und strich ihm tröstend über die weichen Haare.
Finn nutzte seine Chance, kletterte auf Maries Schoß und schlang seine Arme um ihren Hals.
Marie konnte ihrem Bruder nur selten etwas abschlagen, doch heute würde sie hart bleiben. Seit der finnische Au-pair-Junge Sami, der ein Jahr auf Finn aufgepasst hatte, wieder nach Hause gefahren war, war im Hause Grevenbroich eine Art Notstand ausgebrochen. Marie hatte aufgehört zu zählen, wie oft sie in den letzten Wochen in Sachen Finn-Betreuung eingesprungen war. Und nicht nur sie ... Auch Holger hatte ihren kleinen Bruder schon einige Male vom Waldkindergarten abholen müssen. Normalerweise machte es Marie nichts aus, die Babysitterin für Finn zu spielen. Sie fand ihn total süß und Kim und Franzi erging es zum Glück ebenso. Aber heute hatte

sie ihre beiden Detektivkolleginnen zu einem ganz besonderen Event eingeladen. Und da würde Finn wirklich nur stören. Sie öffnete die Zimmertür und rief: »Tessa? Kannst du Finn übernehmen? Kim und Franzi müssten jede Minute da sein.«
Marie hörte ein leises Stöhnen und im nächsten Augenblick tauchte der hochrote Kopf ihrer Stiefmutter an der Treppe auf.
»Entschuldige«, sagte Tessa. »War das etwa heute mit deinem Mädelsnachmittag? Das hätte ich mir wohl besser aufschreiben sollen ...« Sie lächelte zerknirscht. »Eigentlich muss ich gleich Stoffmuster für die neue Kollektion aussuchen. Na ja, dann kommt Finn eben mit!« Sie setzte Finn auf ihre Schultern und tat so, als sei sie ein Pferd. Sie scharrte mit dem Fuß, wieherte und galoppierte die Treppe hinunter.
»Hüah, Pferdchen!«, quiekte Finn vergnügt und schwang seinen Arm im Kreis, als hätte er ein Lasso.
Marie sah ihnen nach. Sie bezweifelte, dass Tessa zusammen mit Finn in Ruhe mit dem Stofflieferanten über ihre neueste Öko-T-Shirt-Kollektion für ihr Label *Think Nature!* sprechen konnte. Aber vielleicht konnte sie ja auch ein paar Stoffmuster für Pferdedecken bestellen. Schließlich wollte Finn überhaupt nicht mehr aufhören, auf ihr zu reiten.
In diesem Augenblick läutete es. Tessa, immer noch mit Finn auf den Schultern, öffnete die Tür und ließ Kim und Franzi herein.
Sie kitzelten Finn zur Begrüßung an den Füßen. »Ihr dürft nur zu Marie, wenn ihr Mädels seid!«, sagte er. »Ich darf nicht. Ich bin ein Cowboy.« Er schwang erneut sein unsichtbares Lasso.

»Stimmt«, antwortete Kim. »Wenn auch noch ein recht kleiner.«
»Gehen wir denn als Mädels durch?«, fragte Franzi Marie, die sich über das Treppengeländer lehnte. Sie deutete auf ihre zerfranste, abgeschnittene Jeans und ihre Boots, die auch schon mal bessere Zeiten gesehen hatten. »Ich bin nämlich heute auch eher im Cowboy-Look.«
»Haha«, sagte Marie. »Kommt hoch, ihr Cowgirls. Ich habe schon alles für den Girl-Power-Mädelsnachmittag vorbereitet.«
»Ich weiß nicht genau, warum. Aber ich habe ein bisschen Angst«, flüsterte Kim Franzi zu. »So ein ganz normales Detektivclub-Treffen wäre mir definitiv lieber.«
»Das habe ich gehört, Kim!«, sagte Marie. »Jetzt warte doch erst mal ab. Ich bin mir sicher: Das, was ich euch zeigen will, wird euch gefallen.«

Als Kim und Franzi es sich auf Maries Sofa bequem gemacht hatten, holte Marie ihren Laptop, stellte ihn neben die Erdbeeren und klappte ihn auf.
Sofort erschien die bekannte Maske von *metube*, einem Portal, auf dem man Videos selbst hochladen konnte.
»Ist das dein Ernst?«, fragte Franzi. »Du willst Videoclips mit uns ansehen? Wollen wir nicht lieber 'ne Runde quatschen oder Fahrrad fahren?«
»Nicht irgendwelche Videoclips«, erklärte Marie. »Sondern das neueste Video von *Supergirl*, das man gleich live sehen kann.«
»Supergirl? Ist das die Tochter von Superman, oder was?«

Auch Kim wirkte nicht gerade begeistert von Maries Vorhaben.
Marie grinste. »*Supergirl* ist eine erfolgreiche Video-Bloggerin. ›Vloggerin‹ nennt man das, glaube ich, in Kurzform. Eigentlich heißt sie mit Vornamen Lena, dreht Clips zu Girl-Power-Themen und lädt sie auf der Plattform hoch. Und dabei erzählt sie immer auch ein bisschen von ihrem Leben und wie sie die Dinge so anpackt. Sie ist echt klasse. Und das Beste daran ist: Ihre Vlogs sind live und man kann sie sofort kommentieren. Da entstehen in der Kommentarspalte echt coole Diskussionen. Also natürlich nicht immer, aber meistens ist es sehr interessant«, erklärte Marie weiter. »Letzte Woche hat *Supergirl* einen Beitrag zum Thema *Lernen Mädchen anders?* gemacht. Und da hat sich sogar ein Lernpsychologe gemeldet, der die Unterschiede erläutert hat.«
»Aha.« Kim war offensichtlich immer noch nicht überzeugt. »Wenn ich mir meine Brüder so ansehe, liegt die Sache klar auf der Hand. Ich lerne anders. Nämlich schneller.« Sie grinste.
Marie überging Kims bissigen Kommentar. »Als ich gesehen habe, was *Supergirl* heute zum Thema machen wird, habe ich sofort an euch gedacht und euch eingeladen.«
»Jetzt bin ich aber gespannt«, meinte Franzi und dehnte den rechten Arm über dem Kopf. Dann schaute sie auf den Bildschirm. »Oh, ich verstehe: *10 Gründe, warum du dir sicher sein kannst, dass deine beste Freundin vor dir sitzt.*«
Marie nickte. »Tolles Thema, oder? Ich bin auch total gespannt.« Sie sah auf die Uhr. »Jetzt geht es los!« Sie klickte auf das Dreieck, das im Bild sichtbar wurde, und der Kopf

eines etwa sechzehnjährigen Mädchens erschien auf dem Bildschirm. Sie hatte schwarzes lockiges Haar, eine markante Nase und lange dichte Wimpern.
»Sie sieht eigentlich ganz sympathisch aus«, gab Franzi zu.
In diesem Augenblick begann *Supergirl* zu reden. Ihre Stimme klang tief und voll.
»Ein herzliches Hallo an alle Doppel-X-Chromosome da draußen. Hier ist wieder eure Lena und ich möchte mit euch Folgendes besprechen: Was zeichnet eine echte Freundin aus? Und wie erkennt ihr, dass ihr nur ein Nachtschattengewächs von einem Mädchen vor euch habt, die euch den *fame* abgraben will? Diskutiert mit mir, nutzt die Kommentarleiste, ihr kennt das Spiel, und ich greife eure Beiträge auf und schmeiße sie in die Diskussion. Um das Ganze zum Laufen zu bringen, diese Behauptung: Bei meiner Freundin kann ich so sein, wie ich wirklich bin, und ich muss mich nicht verstellen …«
Marie sah, dass Kims Augen leuchteten.
Kim schnappte sich den Laptop und schrieb: »Sehr richtig. Ich bin ganz deiner Meinung, *Supergirl*. Außerdem ist es total wichtig, dass man über dieselben Dinge lachen kann und dass die Freundin immer für einen da ist, wenn man sie wirklich braucht.«
»Zum Glück stimme ich dir da zu«, meinte Marie. »Du weißt schon, dass du unter meinem Nickname schreibst?« Sie grinste. »*MarieGold*, das bin ich.«
»Ups.« Kim guckte Marie betreten an. »Sorry. Du weißt ja … wenn es ums Schreiben geht, bin ich nicht zu bremsen.«
»Schon okay, wirklich. Pass mal auf, *Supergirl* antwortet dir!«
Die nächste Dreiviertelstunde waren die drei !!! damit be-

schäftigt, über echte Freundschaft zu diskutieren. Ob absolute Ehrlichkeit zu einer Freundschaft gehört oder ob sie verletzen kann. Ob eine Freundin auch mitten in der Nacht vorbeikommen muss, wenn Liebeskummer den Schlaf unmöglich macht. Und ob man beste Freundinnen sein kann, wenn man sehr weit voneinander entfernt wohnt.

Auch Franzi war von *Supergirls* lebendiger Art gefangen und bat Kim, den ein oder anderen Kommentar für sie zu schreiben. »Marie, du hattest recht. Der Vlog von *Supergirl* ist echt toll. Den werde ich mir in Zukunft öfter ansehen!«

»Ach du liebe Zeit«, sagte *Supergirl* in diesem Augenblick. »Die Stunde mit euch ist wie im Flug vergangen und es sind noch so viele Fragen offen. Ich denke, ich werde das Thema in meinem nächsten Vlog noch mal aufgreifen.« Sie blickte in die Kommentarleiste. »Herzlichen Dank schicke ich an *MarieGold*, die sich besonders intensiv mit dem heutigen Thema auseinandergesetzt hat. Aber das ist noch nicht alles. Weil von *MarieGold* die meisten Beiträge gepostet wurden, habe ich eine ganz besondere Überraschung für sie. Nächsten Samstag ist die *Video Times*, eine Veranstaltung, auf der sich viele erfolgreiche Vlogger treffen. Ich werde sie auf die Gästeliste setzen, und wenn sie mag, darf sie auch noch ihre besten Freundinnen mitbringen. Logisch, bei diesem Thema heute. Passt auf euch auf und: *See you soon, sweetie pies!*«

Das Bild erstarrte.

»Habe ich euch zu viel versprochen?«

Kim schüttelte den Kopf. »*Supergirl* macht das genial. Wie sie die unterschiedlichen Meinungen zusammenfasst und moderiert. Kein Wunder, dass sie so eine große Community hat!«

Franzi deutete auf die Kommentarleiste. »Aber nicht alle meinen es gut und wollen wirklich mitdiskutieren. Schaut mal, was mir aufgefallen ist. Jemand mit dem Nickname *Froschkönig* war ganz schön gemein. Habt ihr das auch gelesen?« Sie zeigte auf einen Post mit dem Profilbild eines fies grinsenden Froschs, der eine Krone auf dem Kopf hatte.

Du redest über Freundschaft? Dass ich nicht lache … Ich merke es dir an, dass du keine gute Freundin bist! Du bist oberflächlich und selbstverliebt.

»Nee, der eklige Post ist mir vorhin gar nicht aufgefallen«, gab Kim zu. »Ich war so mit Nachdenken und Schreiben beschäftigt.«

»Ist leider nicht der einzige Post seiner Art, wie ich gerade sehe«, meinte Marie, die mittlerweile die anderen Videos von *Supergirl* aufgerufen hatte. »Seht her: *Froschkönig* ist immer dabei und verspritzt sein Gift!« Sie zuckte mit den Schultern. »Wenn jemand sehr viel Erfolg hat, hat er immer auch Neider. Bestimmt wäre *Froschkönig* selber gerne ein berühmter *Metuber* und gönnt es *Supergirl* nicht, dass sie so beliebt ist.«

»Ist aber ziemlich feige, oder? Er sagt es ihr ja nicht ins Gesicht, sondern versteckt sich hinter der blöden Froschmaske!« Franzis Augen blitzten zornig. »So was kann ich überhaupt nicht leiden!«

»*Supergirl* macht es richtig. Sie geht gar nicht auf den Hater ein«, meinte Kim schließlich. »Vielleicht gibt er bald auf, wenn er keine Bestätigung in der Community bekommt.«

»Bisher war er allerdings ziemlich hartnäckig!« Marie zuckte zusammen, als die Tür ihres Zimmers aufgerissen wurde und Finn hereinstürmte.

Er trug ein T-Shirt, das ihm wie ein Nachthemd um die Beine wehte. Er gab sowohl Kim als auch Franzi ein Highfive und kuschelte sich an Marie. »Darf ich jetzt mitmachen? Ich habe auch extra ein Kleid angezogen!«, bat er, stand auf, drehte sich einmal im Kreis und schwenkte das T-Shirt wie ein Ballkleid.

Nun erschien auch Tessa in der Tür. »Wären zehn Minuten in Ordnung? Ich will mir nur kurz in Ruhe die Produktbeschreibungen durchlesen.« Sie wartete Maries Antwort gar nicht ab und flötete nur noch ein »Danke« durch die angelehnte Tür.

Marie seufzte und knuddelte Finn. »Macht es euch was aus, wenn Finn ein wenig bei uns ist?«

Franzi kletterte vom Sofa und ging in den Vierfüßlerstand. »Quatsch. Alles gut. Komm, Finnimädchen, steig auf!«

Das ließ sich Finn nicht zweimal sagen und krabbelte auf Franzis Rücken. Als sie mit ihm durchs Zimmer ritt, juchzte er: »Ich will jeden Tag Mädelsnachmittag haben!«

Kim kicherte. »Finn ist soo süß!«

»Ihr seid wirklich die besten Freundinnen, die es gibt«, sagte Marie gerührt. »Ich muss gleich noch einen Kommentar an *Supergirl* schreiben. Spontane Hilfe bei der Bruderbetreuung gehört ab sofort unter die Top Ten meiner Beste-Freundinnen-Checkliste.«